メディアワークス文庫

きみは雪をみることができない

人間六度

目　次

プロローグ

毎年、十月三十一日になると、ぼくは君にお別れを言う。

ぐるぐるに巻かれた毛布の上に、頭を乗せてみた。すると優しい匂いと一緒に、ゆっくりと打つ音が流れ込んでくる。どくん——……。どくん——……。それは、人の鼓動にしては、あまりに遅すぎた。

それでも君は、岩戸《いわと》優紀《ゆき》は生きている。ぼくら二人が座るソファだけが、この世界から切り離されてしまったとしても、その事実は変わらない。

耳を離すと、君はぼくの頭にそっと手を乗せて微笑《ほほえ》んだ。眠りにつく前は決まって、君の感覚は鈍くなってほとんど消えてしまうのに、指先の感覚だけは最後まではっきりしている。

もう二十三時すぎだ。そんな君の手を握るのが、ぼくの『役目』だった。

さらにしたテーブルの上に、見本市みたいにずらりと並んだ医療器具。ダイニングでは灯子《とうこ》さんが、忙しそうに準備をしている。まっ
嶺二《れいじ》さんは、尿道に入れるゴム管を取りに行っているところだった。

不由美《ふゆみ》は部屋着のブレザー姿で椅子に体育座りをしてテレビを見ていた。マーベル映画の銃声とガラスが割れるような音が漏れてきて、そのたびに彼女はこちらにちらり、ちらり、と視線をくれる。

カーテンの隙間に光が走った。そうかと思えばゴオン、と空が鳴る。

君がぼくの指をつねった。というより、皮膚を柔らかに挟んだ。ぼくは慌てて意識を君に戻す。白粉《おしろい》を塗ったように真っ白になった顔、色の抜けた唇がそこにはある。君の指先がぼくの首筋を撫《な》で下《お》ろした。ひんやりして、心地がよかった。

「これお願いできる？」

灯子さんから体温計を受け取ると、ぼくは君の前開きパジャマのお腹《なか》あたりから手を入れて、腋《わき》に差し込んだ。壺形《つぼがた》の加湿器が噴出口を青く光らせ、白いもやもやを吐き出し始める。その周りには、高校生向けのファッション雑誌と、料理本が紐《ひも》に括《くく》られて置きっぱなしにされていた。体温計を引き抜くと、エラーが出ていた。

億劫《おっくう》そうに顔を歪《ゆが》める君を励ましながら、もう一度。今度はちゃんと音が鳴り、灰色の小窓に薄い文字で、三十一度と出る。よし。

測り直すことなく、自信を持って灯子さんにその温度を伝える。

「うん、いいわ。そろそろね」灯子さんがうなずいた。ふいに、君がぼくの手の甲を三度、指で叩《たた》く。ぼくは君の体が倒れないようにソファにもたれさせて、立ち上がる。

「水はありますか」

「冷蔵庫の中。開ければわかると思う」

灯子さんは、あっ、と声を上げ、

「あんまりいっぱい飲ませすぎないでね」

「五十ミリずつ、でしたっけ」

「そうよ。飲み込む力が落ちているから、気管に入ったら大変だわ」

ぼくは冷蔵庫を開けて、タッパーのポテサラやジップロックの漬け込み肉など、ぎっしり詰まった中からペットボトルを引き抜くと、そこへ嶺二さんが細長い茶色い二股のゴム管を持って下りてくる。

がたん、と背後で音がした。全身の毛穴が開いて、振り向いた。自力で立ち上がろうとした君が、膝を崩して床に手をついていた。

「お姉ちゃん！」

真っ先に聞こえたのは不由美の叫び声だった。ぼくが動き始めたときにはすでに、駆けつけた不由美の腕が姉の肩を支えていた。ぼくも急いで手を貸し、二人でソファに引っ張り上げる。

不由美がきつい目でぼくを睨《にら》んだ。

ぼくは歯嚙《はが》みし、何度かうなずいた。

岩戸家はこれまで、ずっとこうしてきた。この季節になると君は眠る準備に入る。一年に一度の一大事。それを家族全員で支えてきた。だから本来なら、部外者のぼくに居場所なんてなかった。この、君を中心に出来上がった家族のシステムに、入り込む余地などないはずだった。

けれどぼくは今、こうして君の手を取ることを許されている。

「本当に、もう……。ちゃんとしてくださいよ」

不由美の声は震えていた。彼女はぼくより二歳下だ。でもその鋭い目つきには、大の大人も尻込みさせるほどの威圧感がある。

「ごめん」

「たったひとりの恋人の……姉の面倒も満足にみられないんですか」

「もっと気をつけるよ」

「当たり前でしょ。それがあなたの『役目』なんだから」

不由美がぼそりと言った。そのとき、再び君はぼくの指を強く握った。虫が噛《か》むような強さだ。でもそれは今の君に出せる精一杯だとわかった。

あの日交わした約束を守り続ける。ぼくにできる唯一のこと。ぼくに許された、彼女のそばにいる理由。

嶺二さんが来て、不由美の肩に手を置く。

「まあ、いいじゃないか。不由美も、そんな喧嘩腰《けんかごし》はよくない」

その温かな目が、不由美とぼくとを渡る。

「こんなことを毎年手伝ってもらってごめんね。今年は三年生だろう？　就活で大変だろうに」

「いえ、そんなことないです。就活は……順調とは言えませんけど、なんとかしてみます」

「こういうことは、本当はうちだけでやるべきなんだ。だけど君が来てくれるようになって、ボクは嬉《うれ》しいよ」

灯子さんが青い段ボール箱から透明な液体の入ったパウチを一つ出し、そのほかの医療器具と一緒に消毒された洗濯籠の中に入れ、それを抱えて二階へ上がっていった。

「さ、みんなで優紀を送ろう」

嶺二さんはそう言って右肩を持った。ぼくも左肩を支え、戦地で負傷者を運ぶみたいに君を立たせる。

「今から、君の背中を支えながら階段を上るよ」

耳打ちすると、君は小さく頭を揺すった。それから、一歩ずつ歩かせた。その隣で不由美が、ぼくの振る舞い全部を、注意深く監視している。

階段を上りきって、廊下の突き当たり。二台のオイルヒーターで温められた部屋で、灯子さんが医療用のベッドに排泄物《はいせつぶつ》を受けるパウチを取り付けていた。

ベッドフレームに刺さった点滴台には、青い文字の書かれた透明な輸液パックがぶら下がっている。その隣にはたくさんのコードがつながった心電計もあった。

ぼくと嶺二さんがベッドに寝かせた君の目は、とろんとして半分閉まりかかっている。

灯子さんはアルコール綿で君の左の前腕を擦《こす》ると、ほんのりと赤く腫れたところに素早い手つきで針を突き刺して、透明なテープを貼って固定した。それから針とチューブをつなぎ、ぼくの方を見て、ちょっとあっちを向いていてくれる、と言った。灯子さんの手には、さっき嶺二さんが持ってきた茶色のチューブが握られている。

「あの、出ていますね」

直腸と膀胱《ぼうこう》への留置カテーテルの挿入だった。ぼくだったら、寝ている自分のお尻と陰部から母親が管を入れるところを、家族以外に見られたくはない。

「そうね、そうしてくれると、ええ、助かるかしらね」

不由美の勝ち誇ったような顔を横目に、ぼくは部屋を出た。

おやすみの儀式――、岩戸家ではそう呼ばれている。十月末になると、深い眠りにつく君をみんなで見送る。

ベランダではバスタオルが、群れから離れたマンタみたいに、打ち付ける雨の中を泳いでいる。他人の家の廊下は、天井がなんとなく高く感じられた。

ノックの音を鳴らして、再び中に入った。すっかり布団を被《かぶ》せられて、幸せそうに枕に頭をうずめる君のベッドからは、三本の管がそれぞれの場所へと通じている。まるで高速のジャンクションだった。心電図は、緑色の四角い画面に波を走らせながら、ぴこん、ぴこん、と一定の音を立てている。

怪訝《けげん》な顔を向ける不由美を連れて、灯子さんが部屋を出ていく。ぼくはすれ違う二人に会釈をした。ばたりとドアが閉じられ、二人きりになる。

時計を見た。日付が変わる十七分前だ。ぼくはベッドから一番遠い壁にもたれて、しゃがみこんだ。

ここから見ていなければダメだ、と思った。

あまり近づきすぎると、やられてしまう。明日から始まる時間がどんなものであるか、今、考えてしまう。それだけは絶対に避けねばならない。

「これから、どんな夢を見るの？」

心電図が刻むリズムが、だんだんとゆっくりになっていく。死んでしまうのではないかという思いを、心の裏側に押さえつける。

「君は寂しくないの？」

モニターに映り込むハートのマークとギザギザの線。その下には六十七、五十四、五十二と減っていく数字。ぼくは耐えきれずに立ち上がって、ベッドのそばまで寄って、転落防止柵の手前にひざまずいた。

君の目は、心地良さそうに閉じられている。

ぼくは布団の下に手を滑り込ませて、君の手を握る。
五十一、五十、四十四……数字は二十まで下がって、ついに、一定に落ち着いた。
水滴が蛇口から落ちるような速度で、君の半分眠った命がこだまする。

その青白い唇が、かすかに動いた気がした。

はっとしてぼくは目を見開いた。音の名残《なご》りを空気中に探しても、君の弱々しい呼吸は埃《ほこり》の一つを浮かすことさえしない。

ぼくはまた前傾に戻って項垂《うなだ》れ、君の頭を崇《あが》めるような姿勢をとる。

「じゃあまた、春に」

追いかけるようにそう伝える。誰にも届くことのない、別れの挨拶。

けれど、その言葉のためだけに、ぼくはここにいた。

もし君が、冬の間眠り続けることなく、ごく普通の人生を歩んでいたとしたら、ぼくは君に出会っていただろうか。君と家族の家に上がりこんで、冷たくなっていく君の手を握っているということが、ありえただろうか。

翌日、二〇二〇年十一月一日。気象庁は長野で初雪を観測した。
ぼくはまたひとり、冬へ向かって歩いていく。

あなたの呼吸が聞こえている。
あなたの体温を感じている。
わたしは手を振っている。
すぐ戻ってくるとひそめた声で叫んでいる。
あたりが冷たくなれば、わたしのからだは薄暗い街道を進み始める。
導かれるままに街灯と踊り、夜風と遊び、孤島のようなところで
朝が来るまで、呼吸のかたちをした祈りを、休むことなく続けるだろう。
わたしは目覚めを待っている。
目覚めのときを迎えるために、わたしはわたしだけを連れて
小さな旅に出る。

一章　ずっと夏だったらいいのに

一

子供の頃、おとぎ話に出てくる夜の化け物を信じていた。幽霊がいないとわかっていても、ベランダの黒ずんだ室外機と揺れる洗濯物の間に、何度も怪物を見た。今ではとっくに和解して、夜の怪物は怪物の国に帰ったとばかり思っていたのだけど、まさか大学に入ってから再会するなんて。

いかにも体育会系という体躯《たいく》をした先輩が、鬼のように顔を上気させて、ピッチャーに太い腕を伸ばすのが見えた。先輩は空になったコップを見つけ次第、ぬるいビールを爆撃みたいに注《あ》いでいく。ぼくは炭酸の抜けた液体をコップの底に三センチほど残し、黒酢か何かで和えた生キャベツにかじりつく。

ときどき愛想笑いを浮かべて、内容のよくわからない会話に相槌《あいづち》を打つ。途中から知った顔で意見を述べたりしたらひんしゅくを買うし、ずっと黙って無表情もしていられない。会話に乗り遅れると、面白いぐらいに誰の助けも得られない。

今年、二〇十八年度の新入生ガイダンスで知り合った篤《あつし》と友海《ともみ》は、それぞれ別の卓で会話に馴染《なじ》んでいる。思えばこのサークルも、彼らに誘われて来たのだった。

ぼくは楽しげな二人を横目に捉える。彼らは、できる側の人間だ。くだらない先輩の自慢話を笑うことができて、求められなくても相手を立てながら意見ができる。

この二酸化炭素と煙に覆われた部屋で、平然とした顔で呼吸ができる。

できる側の人間だけが、こういう場に残る。できない側の人間は、苦笑いをして合わせて、時間が流れていくのを耐えるだけ。

「なんで帰っちゃうの。なんか用事でもあるの？」

それは同調や肯定ばかりの会話の中では異質な、苛立《いらだ》ちや疑いを含んだものだった。

見れば、飲みの席に常駐するしらふの集金係の男が大声で女性を引き止めている。

「そういうわけじゃないです」

彼女は座敷《ざしき》から引き抜いた片足をヒールに差し込んでいる最中だった。

「じゃあ調子悪い？　水、もってこようか」

「いえ、大丈夫です。ただ帰りたいというだけですので」

彼女がキッパリと言ったので、男は少し面食らったようだ。

「えっと、楽しくなかった？」

「いえ」

「えー、じゃあどうして帰っちゃうのよ」

トンネルの終わりが見えたように、一筋の光が差した気がした。

ぼくは黙って立ち上がり、荷物置き場まで歩いた。何人かがぼくに視線を寄せたが、ぼくは下を向いたままリュックを背負い上げた。もしここで引き止められたら、と思うと、心底ぞっとし、心臓は喉の下でドクドクと鳴っている。

篤が気づいてこちらをチラッと見上げる。ぼくはとっさに顔を逸《そ》らすが、遅かった。

「おい。ナツキ、お前も帰んの？」

ぼくはなるべくそっけない感じで、ウンとうなずく。

「このあと三次会までだぜ。まさかイワトさん送ってくとか言わないよな？」

篤はわざと注目を集めるような言い方をした。きっと、悪気はなかった。酩酊《めいてい》に浸《つ》かっている彼には、こちらの意図なんてわかりっこないのだ。

その場の半数がぼくを見た。背骨が震え上がり、金縛りにあったようになる。喉が詰まり、息苦しさがむわっと上がってきて、体を熱くした。

横目で見たのは、さっきの女性だった。両足をヒールにおさめて、毅《き》然《ぜん》と立ちあがった。有象無象を斬り伏せるような、凛《りん》とした立ち様だ。すると、なぜだかはわからない、どこからか不思議と力が湧いてきて、金縛りが解けていた。

「そうだよ送ってくんだ」

ぼくは完全に開き直った。

女性が店を出た。今しかない。

勢いよく座敷を踏んで、土間に並べられたスニーカーに足を突っ込むと、片足のかかとを踏み潰したまま戸口へと小走りで行った。背後から何か怒鳴るような声が聞こえたが、耳を塞いだ。

やった！　やってしまった！

サークルメンバー総勢四十名、うち半数以上が同学部だ。授業がかぶっている人は十名以上。明日から大学で、どう顔を合わせればいい？　これまで目立たないようにやってきたのに。こうならないために頑張ってきたのに……ぜんぶ台無しだ。

ゾワッ、と後悔が背中を這《は》い上《あ》がり、全身をかゆみが襲った。一刻も早くこの場を離れようと、頭上にもたれかかったのれんを手で弾《はじ》いて外に出る。

不思議と、足が止まった。そこにはまだ少し肌寒い、初夏の夜があった。

「ありがとう」

声がした。二軒隣のパスタ屋の看板に張り付くようにさっきの女性が立っていて、カーディガンに腕を通しているところだった。

「それは……どうしてですか？」

「どうしてって、私が店を出る時間を稼いでくれたじゃない」

わずかに口を開いたまま、ぼくは表情を固めた。その間も、小刻みに揺れる巨大な室外機から、暑い空気が頬に吹き付けられ、ぼくはなんと言うのが正しいのか、それをひたすら考えた。

「……助かったのは僕です。先に出て行く方がいて、便乗しちゃいました」

一瞬キョトンとした彼女は、やがて風船でも割るようにパッと笑った。

「そうだったの？　わざわざ訂正しなくてもよかったのに」

「なぜですか」

「だって、感謝された方がお得でしょ？」

「なんとなく気持ち悪いじゃないですか。嘘《うそ》を言うのは」

「そう？　じゃあ、誰かを傷つけないための嘘は？　嘘も方便って言うじゃん」

あたふたとして、視線をいろんなところに移した。うなぎ屋の店頭の七輪、カラオケボックスの七色の明かり、漁師居酒屋の波形のれん。焼き鳥とお好み焼きの匂いが鼻に入ってきて、不本意にもお腹がグルルと鳴った。

「いやその、僕は無宗教なので。方便って仏教の言葉ですよね。信じてもないのに、論理だけ借りてくるのって、なんだか申し訳ない気が……」

ぼくが真剣に答えると、彼女は一瞬ぽかんと口を開けて、しかし次の瞬間には、いっそう激しい笑いをこぼした。

「なにそれ、細かすぎ」

馬鹿にされているのかと思って一瞬むっとしたが、彼女があまりに笑い続けるため、だんだんと馬鹿馬鹿しくなってきて、やがてぼくも笑いに落ちた。

「面白いね、きみ」目尻を人差し指で拭いながら、彼女はぼくを見た。

ここにきて初めて、ぼくもまじまじと彼女を眺めた。艶《つや》のあるボブの黒髪を、まっすぐ下ろしている。花柄レースのシースルーとチェックのミモレスカートを身につけ、しゅっとした顎、高い鼻とくっきりと彫りの深い目元は、西洋のお姫様を思わせる。

はっとして視線を逸らす。

彼女はにこりと笑って、踵《きびす》を返《かえ》した。彼女はそのまま数歩ふらふらと歩いていく。

そりゃそうだ。ぼくは本当に彼女を送るわけではないのだ。

「来ないの？」

声が飛んできた。それはぼくが待ち望んだ言葉だった。

新宿《しんじゆく》歌舞伎町《かぶきちよう》の、ネオン鮮やかな夜に溶けていく彼女の後ろ姿を、懸命に追った。

ガードレールに座って異国の言語を飛ばすドレッドヘアや、下りたシャッターの前で眠り込むサラリーマン。その横を彼女は、颯爽《さつそう》と歩いていく。路上にはタバコの吸殻や水に溶けたチラシの残骸がこびりついているというのに、彼女の足下にだけ、レッドカーペットが敷かれているみたいだった。

「ゆきよ。二年の岩戸優紀」

よかった、先輩だ。しかも一年上。なんとなく敬語を使ったのは正解だった。

「僕は埋夏樹《うずめなつき》といいます。新一年です」

「うずめ……」

彼女は――、いや岩戸さんは、やや悩ましげな顔になってその三文字を反復する。

「どうやって書くの？」

「土に埋める、とかの埋めるという一字で、うずめ、です」

「へえ～。レアだね」

「父方の祖父が、福井出身で。あっちではよくある苗字《みようじ》らしいんですけどね」

「そうなんだ。今は一人暮らしなの？」

「はい。この辺りに住んでます」ぼくは腹の底で、祖父に感謝した。苗字についての説明は、大学に入ってもう何度も使ってきた鉄板だった。

「岩戸さんは、あのサークルの……」

ぼくが訊《き》くと、岩戸さんは綺麗《きれい》に並んだ白い歯を見せて、にかっと笑う。

「私、ただの応援よ。飲み会の頭数合わせ」

　GTRは映像を作るサークルだと聞いて入ってみたはいいが、実際は映像制作なんてやっていないただの飲みサーだった。GTRがなんの略かさえ誰も知らないのだ。

「なつきくん、学部は？」

「文学部です」

「なんで声ちっちゃいのよ」

「いえ、なんとなく……」

　ぼくは文学部が第一志望だった。しかし周りにはそうでない人間も多くいて、文学部は滑り止めだとか、売れ残りだとか、そういう声がちらほらと聞こえていた。

　小さくなった声を指摘されて、卑屈さが恥ずかしくなる。

「岩戸さんは」

「美術学科の油彩画専攻よ」

「あの難関の？」

　同じ大学でも、一般学部と芸術学部とでは人気にかなり差がある。中でも美術学科は特に入試難易度が高いという話である。

　岩戸さんは照れた様子もなく、そんなことないよ、と控えめに答えた。

「油彩画の教授ね、神崎《かんざき》っていうんだけど」

「どこかで訊いたことありますね」

「うん、テレビとかもでてる」

岩戸さんは、神崎徳人《のりひと》の出ている深夜番組の名前をいくつか挙げた。

「エロオヤジって感じなの。ゼミでもないのに住所、書かせるんだよ。しかも女子だけ」

「それは気持ち悪いですね」

「でしょ？」

ぼくは大袈裟《おおげさ》にうなずいてみせた。

「だから実家の住所書いてやったわ。地方だからノーダメージ！」

岩戸さんは高らかにそう言って、笑った。ぼくは、やりましたね、と返す。

「でも大学なんて、どこもそんなもんよ」

大学はどこもそんなものらしい。

十五分ぐらい歩いて地下へ下りる階段に入る。踊り場には大小様々な唐辛子の瓶詰めが置かれ、赤黒い看板に白いベタ塗りで〝タンジール〟とある。

「ここ、前から来てみたかったの」

岩戸さんのわくわくした表情が眩《まぶ》しい。

ドアを開けると、独特の織物《おりもの》で装飾された、洒落《しゃれ》た店内が姿を現した。涙形のランプが放つ暖光が、部屋をじんわりと照らしている。その柔らかな雰囲気に相反して、涙が出るような刺激臭に面食らう。

「すごい匂いですね……」ぼくは小声で言った。

三人がけのソファ席の前まで来て、岩戸さんは真ん中よりやや左のところに腰を下ろす。ぼくが躊躇《ためら》っていると、嫌だった？　と言って上目遣いに訊《たず》ねてくる。ぼくは首を横に振る。ソファはふかふかで、太腿《ふともも》がすっぽり沈み込むほどの抱擁力がある。

注文をして、出てきた水をぐいっと飲み込んだ。ほとんど肩が擦れる距離に座る岩戸さんは、全然この距離感を気にしていないのだろうか。不安になってちらりと表情を盗み見る。すると彼女の顔はすでにこちらを向いていて、どうしたの、と目で告げる。

「なんで抜けて来たのか、と思いまして」

岩戸さんは首を傾けて、うーんと唸《うな》った。

「春って短いでしょ？」

「そうですね」

「でも実は、夏もすごく短いのよ」

すぐに和《あ》え物《もの》が運ばれてくる。粗く割られたキュウリに、黒いフレークが載っている。岩戸さんが先陣を切った。ぼくも続けて一口食べると、奥深い香りが鼻を突き抜けていく。これはなんだろう。

「いっそ、ずっと夏だったらいいのにね」

岩戸さんは口元を押さえて、上品に笑う。

ようやくぼくの舌にも異変が届き始める。何かに似ていると思ったら、歯医者で奥歯を削るときに使った麻酔にそっくりだ。唾液が止まらず、味覚もおかしくなりはじめる。

岩戸さんは全く平気なようだった。それどころか店員を呼び、

「あの麻婆豆腐《マーボーどうふ》の、これってどれくらい辛くできますか？」

店員は一瞬考えてから答えた。

「一辛ごとに十円増しです」

「じゃあ十二辛で」

すると店員はぎこちない笑みを見せ、一旦厨房《ちゅうぼう》の方に消えると、灰色のクリップボードとペンを持ってきて、岩戸さんへと差し出した。同意書だった。

彼女がサインペンを走らせると、ほどなくして、卓上燃料で温められた、ずんぐりとしたココット鍋が運ばれてくる。

ぐつぐつと煮えたぎる赤い液体は、隣に座るぼくのところまで激臭を漂わせ、鼻や目の粘膜を刺す。見ているだけで痛い。

「これは趣味じゃなくて、体質みたいなものだから」

岩戸さんはそう言って、少し恥ずかしそうに俯《うつむ》く。

ぼくはどんな顔をしていいかわからず、涙腺から勝手に滲《にじ》み出《で》てくる涙を拭った。

ほどなくしてカツ丼も運ばれてくると、ぼくたちは思い思いに食べ始めた。

カツ丼は衣がからっとしていて、程よい下味と脂身がある。卵の半熟具合も素晴らしい。これを食べていなければ、ぼくは居酒屋というものを一生嫌いになっていただろう。

「岩戸さん、どうですか」

岩戸さんはれんげ一口分を啜《すす》ると、握った左手の親指を立て、グー、と言って満面の笑みを灯《とも》す。それから少し物憂げな顔をし、

「会いたいひとがいたのよ。でも今日は来てなかった。聞いてみたらサークルもやめちゃったんだって。だったらいる意味ないわよね、あそこに」

私のせいね、と小さくこぼす岩戸さんの目が一瞬、雪のような冷たさを帯びる。

とたんに、遠ざかる。こんなに近くにいるのに、別の次元にいるかのような断絶が、ぼくと岩戸さんの間に走る。

「おいしかったね」

ぼくは、黙ってうなずいた。

「この後どうしよっか」

「……」

岩戸さんの探るような視線が、ぼくを撫で回した。

「ね。いま何時か知ってる？」

どこか含みのある、妖艶な笑みだった。

ぼくは慌てて腕時計に視線を落とす。十二時四十四分を回っている。はっとなって、顔を上げる。

「あーあ、終電なくなっちゃった」

岩戸さんがわざとらしく言った。

気づいたときにはすでにのまれていた。衣装のように闇夜をまとうこの女性から、ぼくは逃げられる気がしなかった。

二

食堂に行くと、革ジャンにプリーツスカート姿の桜城《おうじろ》友海がすぐに目に入った。

ぼくは手を振って、向かいに座る。

「すごい人の量だね」

「ほら、席取り料」

と、右手を差し出す友海を、ぼくは手を合わせて拝んでやる。

「篤は？」

友海は配膳場の方を指さした。長蛇の列の中に、トレーを抱えてやきもきする梧篤《あおぎり》の姿が見えた。

「B定売り切れだって。それで並び直してる。それよりヤバいから聞いて」

友海は持っていたソーセージパンを湯呑《ゆの》みの上に渡すように置いて、身振り手振り全開で話し始める。

「チケット取れたんだ！」

なんの、とぼくは訊ねる。

「バゲージズのドームライブ」

そういえば友海は熱心なバンドの追っかけで、中でもゴリゴリのパンク・ロックを偏愛しているのだった。「濁音ばっかり」ぼくは少し引きぎみに言った。

「スゴくない？」

友海はパスケースの中から、真っ黒な地色に激しい書体で書かれたチケットを取り出して、ぼくの目の前にかざす。

「読みづらい……。ここ、ナゴヤドームって書いてあるけど」

「そう。だから夜バスのチケットも予約した。奮発して、三列」

「十一月までまだだいぶあるよ。気、早くない？」

「え、もうすぐじゃん！　やばい。これであと四ヶ月生きられるわ」

ぼくは苦笑いしながら、嘘みたいに嬉しそうにする友海の横顔を眺める。押してもやすやすとは倒れなさそうな、それは地面に根を張った笑顔だ。

大学に入って最初の飲みの席。序盤で発生する、回避不能な自己紹介。そんなもの子供っぽくてくだらないと割り切っていたぼくの予想に反して、同期の多くが好きなものを誇らしげに語り、場を盛り上げていた。話すことが何もないぼくは辟易《へきえき》して、余計にうまく言葉を紡げなかった。

思えばあのときから飲み会が苦手だったのかもしれない。

リュックとは別に持参した紙袋から弁当を取り出す。通学の際に買った唐揚げ屋の折詰である。プラスチックの蓋に手をかけたまま静止するぼくに、友海が不思議そうに声をかけた。

「食べないの？」

「篤、待つよ」

「なつきってさ、律儀だよね」

そうかなと首をひねると、ソーセージパンを口に運ぼうとしていた友海がどこか嬉しそうに、ピアスの開けられた下唇を引きつらせる。

その顔をかき消すように突然、岩戸さんの表情がフラッシュバックする。

「どったの？」

本当は黙っているのが身のためだってわかっていた。だけどぼくは表情が緩みそうになるのを止められなかった。

「彼女……っぽい人はできたかも」

なるべく普通にそう言うと、音を立てて友海の肘がテーブルの縁からずり落ちた。濃いアイラインの目が、事故でも見るように見開かれる。

「それ本当？　なつきの小説上の話じゃなくて？」

「人聞き悪い。僕だってやるときはやる」

「幸せだと作家にはなれないよ」

「だから僕は作家になるとかじゃなくて、趣味で」

握っていた箸を蓋の上に置いて、しばらく考えた。実際のところ、ぼくはあの人とはどういう関係なんだろう。

「え、何その顔。マジ話？」

友海のいぶかしげな視線。そこへ篤がプレートを持って、椅子と椅子の隙間を縫うように歩いてくる。テーブルに下ろす頃には、なみなみに注がれた水っぽい味噌汁《みそしる》が揺れて、プレートはびちゃびちゃになっていた。

「どうした、二人ともテスト明けみたいな顔して」

友海が困ったような顔をしてこちらを見やる。ぼくは少し悩んでから、二人を交互に見る。うん。区別はよくない。

「えっと彼女ができたかもしれない、って話を」

「おっ、おめでとう」

篤のあっさりとした口ぶりに、肩の荷が下りた気持ちになって弁当を開ける。

「でもさ、なんか煮えきらない言い方なのよね」

唐揚げを一口かじり、ご飯と一緒に飲み込んだ。

「家に泊まったんだけど、告白はしてない」

友海のぎょっとした視線が刺さる。そのかたわらで篤は、

「お前、手が早いな！　現役女子大生の家、どんなだった⁉」

と声を荒らげ、身を乗り出した。

「いや、その人がうちにきたんだよ。駅近で飲んでたんだけど、終電逃しちゃってさ」

「常套手段《じょうとうしゅだん》じゃねえか」

「そうなの？」

「終電逃させて家にお招きするなんて、ナンパの慣用句みたいなもんだろ」

ぼくは相槌を打ちながら、なんとなく視線を泳がせる。岩戸さんは今、何をしているだろう。芸術学部のキャンパスは隣接こそしているものの食堂も別々だから、探したって無意味だとわかっているのに。

「で、どうなった」

「どうって……人来ると思ってなかったから急いで片付けて、掛け布団を床に敷いてその上に寝そべってテレビつけて、ストレンジャー・シングス観《み》て、その後は――」

ベッドの上に寝転がる岩戸さんの姿がフラッシュバックする。窓から差し込む月の光を浴びて、淡く輝く肌。艶《なまめ》かしい肢体から伝わる温度。

あの熱に浮かされた夜を、ぼくはとても言葉になんてできない。

「はぁ。もうその顔で十分だわ。で、どんな人？　同じ大学？」

そういえば、ずっと『その人』という人称を使っていた。名前を出すことが、なんとなく憚《はばか》られたのだ。けれど岩戸さんは周りには秘密にしようとか、そういった提案を持ちかけてきたことはない。

何を恥ずかしがってんだ。ぼくは生唾を飲んで固く結んだ口を無理やりに開いた。

「岩戸」それだけ言うと、あとは一気に軽くなった「美術学科の、岩戸優紀さん」

やっと人に話すことができた。

達成感のままに顔を上げると、二人の硬直した顔が見えた。

「岩戸……」

友海が少し繰り返したあと、一瞬、眉をひそめ、篤も言葉を濁らせる。

だが直後、篤は立ち上がり、満面の笑みを浮かべてぼくの肩を叩いた。

「よかったなぁ！　上手《うま》くやれよ！　そして相談というていで進捗聞かせろよな！」

きっと、話したことは間違いじゃなかった。なんだかこそばゆいけれど、誰にも話せないような関係にはしたくない。

そしてすぐに、夜の街のあの冷たくてうるさいイメージと、それをバックに堂々と立つ岩戸さんのなめらかな肢体が、網膜の裏に浮かんだ。


「もう寝てもいいんだよ」

声。甘く耳元でささやく。

岩戸優紀が座るブランコが、きいきいと音を立てて揺れている。

大丈夫です、とぼくは答える。午前四時十一分。

「うそ。さっきから船漕《ふねこ》いでるよ」

マンションとマンションに挟まれたその小さな公園には、ブランコと砂場以外に遊具がない。そんな場所でぼくらは、曖昧な関係のまま、何度目かの夜を過ごしている。

あなたは眠くないんですか？　と訊くぼくの声はあくびまじりで、確かに、眠そうと疑われても仕方がないかもしれない。

岩戸優紀が首を横に振る。

今から恥ずかしい告白をするけど、深夜の街が少し怖かった。初めて真夜中に一人で外出したのも、大学に入ってからだ。それまでは、ずっと立ち入り禁止だったのだ。夜は大人の巧みな誘導と、ぼくの臆病さによって、封鎖されていた。

でもこうして踏み出してみると、そこには誰もいない街がただ広がっているだけだった。

岩戸優紀が微笑む。

酩酊と眠気で視界はぼやけていても、その表情だけは不思議と摑《つか》み取《と》ることができる。

ぼくをここまで導いてきた、あやしい灯火《ともしび》。

ガチャ、ガチャ、という音。見上げると、岩戸優紀はブランコの座板に立ち上がって、かすかに青み始めた空を見上げていた。

「好きなんだ」

そんな言葉に、一気に目が覚める。

だけどすぐに気づく。それはぼくに向けての言葉じゃない。

「コンビニエンスストアのあかりを浴びて肩を寄せるカップルとか、誰もいない交差点でひとりで仕事してる信号機とか、二十四時間二千円の看板の明かりで照り返っている少し湿った駐車場のアスファルトとか」

つむぐ、言葉ひとつひとつが、絵画のようだった。ぼくは言葉をなくしたまま、岩戸優紀のなびく黒髪を眺めている。

やがて彼女はぴょこんとブランコから飛び降りると、ぼくの顔を覗《のぞ》き込《こ》んで言った。

「また明日目覚める人のことを、眠らずに待っている夜の街が、私、好きなんだ」

この関係の名前なんて、今はどうだっていい。今はただ、この人のそばにいられたらそれでいい。

これはきっと、そういう夏なのだ。

三

北千住駅《きたせんじゆえき》は人で溢《あふ》れていた。川の堀までの一本道は、露店や自宅を改造した出店がひしめいていて、提灯《ちようちん》や灯籠の赤や黄色の輝きは、滑走路灯を思わせた。普段は一般道として用いられているその道を、浴衣やじんべいに身を包んだ人が、大挙して押し寄せていく。まるで人でできた河のようだ。ぼくは目を見張る。

「まだ花火も上がってないのに、なに気圧《けお》されてるのよ」

岩戸さんは、口元を隠して笑う。菖蒲《しようぶ》柄《がら》の涼しげな浴衣に身を包んだ彼女は、いつものようにどこか達観した笑顔を浮かべている。ただし今日は髪を後ろで結っていて、うなじが絶妙な具合に露出していた。

「家でドラマ観るのもいいけどさ、やっぱりこういうのもいいね」

岩戸さんは巾着を手首から垂らし、下駄《げた》をかこん、かこんと鳴らして段差を下りていき、そしてぼくの手を引いて人の流れに加わった。

岩戸さんの手が握り込んだ熱が、ぼくの皮膚にも伝わってくる。

夏祭りなんて、子供の頃親に連れられて行ったきりだ。

「あ、あれ食べたい！」

さっそく何かを見つけたらしく、岩戸さんは指さした方向に逸れていく。腹巻をしたおじさんが、りんご飴《あめ》を売っていた。一本七百円もするらしい。

「なつきくんもたべる？」

「えっと僕は……」

とっさに周囲を見回し、フランクフルト屋に焦点を絞る。

「あっち買ってきます」

そう言ってぼくは列から抜け出して、フランクフルトを一本買った。ベタベタした容器でマスタードとケチャップをかけているところに、人の拳ほどもある赤い塊に挿した割り箸を握って、岩戸さんがやってくる。

「じゃん！」

りんご飴を差し出して、岩戸さんは自慢げに胸を張った。

「それ、美味《おい》しいですか……？」

「うーん、そうでもない」

岩戸さんはちょこんと出した舌で飴の表面を控えめに舐《な》めながら言う。

「これ、いつになったら林檎《りんご》に到達できるんだろう」

「嚙まないと、いけないんじゃないですかね」

「えっ、相当硬そうだよ？」

歯を立てると、がり、という鈍い音がした。飴を口から離した岩戸さんは、歯医者のあとのような、苦い顔をする。

「むり」

「はは、じゃあ……叩き割りますか？」

ぼくはハンマーを振るうフリをして見せると、結構うけた。

流れに戻ったぼくらはソース焼きそばとイカ焼き、それと、かき氷を買った。

かき氷がただの甘い水になる前に河川敷《かせんしき》へ座ろうと、堀を登った。が、そこから見える人の多さに啞然《あぜん》とする。河川敷はほぼ完全に人と荷物で埋め尽くされていて、ブルーシートが見える面積はほとんどなかった。

ぼくと岩戸さんは顔を見合わせる。

「とりあえず行ってみよ」

ぼくはうなずいて、空いている場所を探し始めた。しかし辛《かろ》うじてブルーシートの青色が目に入っても、まばらに荷物が置いてあったり、すでに座っている人が連れを待っていたりする。

岩戸さんが、どう？　という具合に視線を寄せる。ぼくが肩をすくめた、そのとき、呼び止める声があった。少し太った高齢の女性が、闇の中から手招きしている。

「すごい人ですね」

ぼくがそう言いながら寄っていくと、女性は扇子で顔をぱっさぱっさと扇《あお》ぎながら、自分の隣に空いたスペースを指し示した。

「ここ。ちょっと狭いかもしれないけれど」

「いいんですか」

「うん。この場所一帯を取ってた人がいて、私も借りさせてもらってるのよ」

女性の手が示す先に、酒瓶片手にイカ焼きをちまちまと食べている、ジャージ姿の中年男性が見つかる。ぼくたちが揃《そろ》って会釈すると、男性は「座って座って」と威勢の良《い》い声を飛ばし、真っ赤に染めた鼻を高くして握り拳の親指を立てる。彼の振る舞いに呼応して、そのブルーシートに座る十人あまりが、いっせいに手を振ったり持っている串を掲げたりする。

奇妙な一体感に包まれながら、ぼくたちは腰を下ろした。かき氷は、ギリギリ間に合ったようだ。スプーンを差すと、しゃく、と小気味いい音を立て、ほてった体に特効薬のように働く。

「お二人は恋人同士？」

かき氷を半分ほどまで沈め、この場所に落ち着き始めていた心の、無防備を突かれたような問いだった。ぼくはどきりとしてあやうくスプーンを取り落としそうになり、助けを求めて岩戸さんに視線を向けた。

そこには提灯のわずかな明かりに浮かぶ悪魔の顔があった。犬歯を剝《む》き出《だ》しにし、口を半月形に開いた岩戸さんは、恋人よ、と静かに言った。

「本当に？」

ぼくは小声で訊き返した。岩戸さんがかがんだひょうしに、汗ばんだそのうなじが目に入る。ほのかに甘いような汗の匂いを嗅ぐと、頭がくらくらした。

岩戸さんは肩を揺らしてうなずくと「ひとなつの恋人」とかすかな笑みを浮かべる。

パン！　空が緑色に光った。続いて黄色い光が二つ咲く。試射だった。やがて花火大会の始まりを告げるアナウンスが流れる。

ぼくは具のほとんどない焼きそばを食べながら、肩を寄せてくる岩戸さんの熱っぽい体温を感じていた。

「ちょっとちょうだい」

「どうぞ」

「あ、美味しい。ちゃんと屋台のやつだ」

焼きそばを頬張る岩戸さん。ぼくは彼女の持っていたりんご飴を受け取り、仕方ないのでかじってみる。

前歯が削れそうだ。それでも、なんとか歯を林檎まで届かせると、硬い飴の層を食い破って、がりごりと咀嚼《そしゃく》して飲み込んだ。口の中と喉が、きりきりと痛かった。

「もう捨てたら？」

岩戸さんの言葉を無視して、ぼくは食べ続けた。

「きみって頑張るんだね」

少しやけになって、林檎にかじりついては、飴の層を食い進めた。岩戸さんは体を離して、どこか河の方に視線を落とす。

「私はもう諦めちゃった」

空が弾けるように光り、遅れて炸裂音《さくれつおん》が響いた。

力強い白銀の光に、誰もが息をのむ。ぼくも首をもたげて、散っていく光の残影を眺めていた。

「花火っていいよね」

「そうですね、やっぱり生で見ると迫力もあって、この人が集まった感じとかも」

「違うよ、すぐに消えちゃうからいいの」

ぼくは首をかしげた。

「花火はね、ものとして残らないから、今みなきゃって頑張るから、いい思い出になるんだと思うよ」

連続して無数の小さな光が打ち上がった。それは漆黒のカンバスを、光のシャワーで塗りつぶしていった。

そして岩戸さんはふらりと上半身を揺らし、その頭をぼくの膝へと着地させた。

うなじと耳と、そこから伸びる細い首。闇へ伸び上がるまつげ。根本から飛び出した髪の毛が数本、風に揺れている。メロンほどの重みの頭にぼくは手を乗せて、背中を支えるようにそっと肩へ動かした。

「私が消えたりしても捜さないでよ？」

ふざけたような口調だった。だけど同時に、宿命を語る声のようでもあって。

とにかく怖かった。

恐ろしいほど長い時間が経《た》ち、ぼくは震える口元で告げる。

「消える予定とかあるんですか」

「え、なに本気にしてんの？」

そう言って体を起こし、岩戸さんはぼくの肩をばしばしと叩いた。

赤と緑の光がまるで競争するみたいに空高くへと昇っていき、垂直方向と水平方向に花びらを咲かせる。決して交わることのないその二つはどこか寂しく、けれど色の対比がとても綺麗だった。

「あの……」

ぼくは声を振り絞った。

そろそろ、はっきりさせる必要があった。

「どうして僕と一緒にいるんですか。夏は、とても短いんですよね。僕なんかに時間を使っていて、いいんですか」

少し、言葉に力を込めて訊ねる。岩戸さんはこっちを見ない。もしかしたら、花火の音で聞こえていないのかもしれない。

「なんでそんなこときくの」

「岩戸さんにとって僕は」

「なつきくんで良かった。これは本当」

岩戸さんは遮るように言った。

「は、はい」

「だからきみには、幸せになって欲しいなぁ」

「え？」

背後で滝のようなスターマインが炸裂する。ぼくは耳に手をかざして、体を寄せる。しかしどれだけ体を寄せても、呼吸するついでに出したような岩戸さんの声を、聞き取ることはできなかった。

「だからきみには、早くかわいい彼女ができるといいなぁ」

「な、なんですか！　ぜんぜん聞こえないです！」

ぼくの声も、岩戸さんの声も、全部光の爆発の中に吸い込まれていった。

寄せる肩から伝わる体温だけが、彼女の存在を闇の中に示していた。

四

大学生の長い夏休みが終わる、各サークルや実行委員会により学園祭の準備が進み出した。GTRはビアカクテルのみを提供するみたいだったが、ぼくは企画会議の段階から欠場していたので、当日の販売員の頭数に入れられることもなかった。

そして迎えた学園祭。ぼくは友海と一緒に駅にいた。

駅のホームには、学園祭のポスターがびっしりと並んでいる。芸術学部と一般学部が共同開催する文化祭である。そんな中、友海の目を盗んで時間さえあればスマホを開き、ラインのアイコンに赤い1の表示を探す。

やがておどけた調子の篤が遅れてやって来ると、友海の叱責が飛んだ。

「遅れてきて笑ってるとかマジでありえないから。こっちはなつきがずーっとスマホ見てるから、もう退屈でしょうがなかった」

と、こちらに一瞥《いちべつ》をくれるので、ぼくは慌ててスマホをポケットに戻した。

「いや、ごめんって。なんか学祭に来たっぽい子に声かけたら遅くなっちって」

「それでどうしたのよ」

「ギリギリ、アドレスは聞けなかったわ～」

ひょうきんに肩をすくめる篤の、憎めないスマイル。

そういえばぼくは、彼の耳の形とか、もみあげの長さばかりが頭に入っている。

周りは十代の若者たちがほとんどだった。親子連れもちらほら。中には単語帳を片手に握りしめ、戦に赴くかのような表情をした高校生もいる。

校門をくぐるといきなり献血ブースがあり、勢いよく血を求められたが、ぼくらは丁重にお断りして受付のテントへと向かった。顔見知りも何人かいて少し話を交わしてからガイドブックを受けとると、ケレン味ある殺陣《たて》の掛け声と重低音を従えたパワフルな音響が、中央の広場から押し寄せてきた。

「まずはどこにいこう」

ガイドにはサークルの出し物や、舞台公演のスケジュールなどが載っていて、その隙間スペースにキャンパス付近の飲食店の広告が詰め込まれている。

「これなんてどう」

篤の指の先には、バリアフリー研究部という文字があった。見た目によらずかなり渋いところ行くな。

「そんなに変かよ。俺、けっこう福祉とか興味あるからさ」

「給料安くて、重労働だって聞くよ」

「でも人間に携われる仕事だろ？　少なくともパソコンに向かって数字相手に一生送るよりかはマシだと思うんだよなぁ」

ああ、そうか。ぼくが篤の耳の形とか、もみあげの長さばかり記憶に残っている理由。いつもまっすぐ前を向いている彼のことを、ぼくが隣から眺めるばかりだったからだ。

「……篤にそんなに明確な夢があるとは思わなかった」

どんな顔をしていたかはわからない。でも、頰の筋肉を使っていたということだけはおぼえている。

「お前こそ小説家になるんだろ？　大物になって俺の半生で一本書いてくれ」

篤の屈託のない笑顔が、眩しくて蒸し暑い。

確かにこの二人にだけは、小説を書いていることを伝えてある。伝えなければぼくは本当に空っぽな人間だと思われて、今のように対等な関係を築けなかっただろう。

だけど、それでも。

「まさか。言っただろ。小説家になんてなるつもりないよ」

なれないの間違いだろ。と、自分で自分に訂正を入れる。

篤が露骨に残念そうな顔をするので、ぼくは下手な笑いを差しこんで話題を流した。

小説家――それを夢だと思われるのは、正直きつい。

コロッセオのような半円形ステージ上で殺陣研究会が終幕の挨拶をすると、今度はフリルのコスチュームに身を委ねた女子たちが隊列を組んで登壇していく。

すかさず音楽学科所有の二台の室外用スピーカーから吐き出される、ガーリーなKPOP。

「ねえ、これよくない⁉」

爆音の中で友海の黒くネイルされた細長い指が、とあるサークルの展示販売を示す。

珈琲研《ひけん》究会による、〝マッピー〟なるドリンクの販売だった。

「なんだこの謎の飲み物！」

「コーヒーと抹茶とミルクの三層構造らしいよ！」

抹茶のコーヒーでマッピー、ということらしい。

「喉渇いちゃったし、まずはここに行かない⁉」

友海の提案に、篤はうなずいた。

そのすきにぼくはこっそりスマホを開いて、受信の有無をたしかめ。

「ねえ、なつき」友海がぼくの顔を覗き込む。「どうしたの？　ソシャゲのイベント？」

ぼくは首を横に振った。でも本当に、どうしたのだろうか。

三日ほど前からだ。岩戸さんと連絡がつかなくなっていた。

それまでは日に十件、少ないときでも一、二件の会話を交わしてきたのに、九月二十二日を境にぱったりと返信が止まっている。最後に話したのは、夜中のお笑いのネタ番組について。岩戸さんがコントと漫才のどちらが好きかと訊いて、ぼくが答えに迷っているうちに日付が変わってしまった。

それっきり。

何かあったのかもしれないと心配しつつ、まだたった三日じゃないかと思う自分もいる。

なによりぼくは岩戸さんへの連絡方法を、そのアプリ《ラィン》以外に知らない。

「落ち着かなくてごめん」

「そういうことじゃないよ」

友海は眉をきゅっと引き締め、真剣な口調になって言った。

「なつきを心配してるの。それ……岩戸さんでしょ」

ぼくは口をつぐむ。友海の言い方に敵意とか、詮索はなかった。

「また後で相談していい？」

友海はピアスの開いた唇をにっと伸ばして、タピオカ奢《おご》って、と返す。

珈琲研《ひーけん》究会は、東校舎の二階に店を構えているらしい。ぼくたちはキャンパスを縦断する大通りを進んだ。辺りには露店がひしめいていて、チョコレートと唐揚げ、煮物と焼きそばの入り交じった混沌《こんとん》とした匂いが立ち込めてくる。

そのときだ。何か異様なものを見た気がして、ぼくは目を見張った。

前方から楽しげに歩いてくる男同士の二人組。頭ひとつ分の身長差があり、背の高い方はマッシュに切り揃えているのに対し、もう一人は眉の上までしか髪の毛がなかった。ベリーショートというのだろうか。

しかしなぜだか、その輪郭に視線が吸い寄せられた。

小柄な体をピンと張り、いなせな風格を漂わせるその肢体。すれ違いざまにぼくは目を疑った。男性ではない。

それは――、髪を切り、ジーンズと無地のステンカラーシャツを身につけた、岩戸優紀だった。

その刹那、交わされる視線。時が止まったかのように、ぼくは岩戸さんの顔に見入っていた。ツーブロックに刈り上げられた髪型は意外なほど似合っていて、しゅっとした顎のラインが顔の小ささを強調している。カットされた宝石のように洗練された岩戸さんの姿を見て、ぼくは自分が思っていたことの一パーセントも言葉にすることができなかった。

数拍遅れて口から転がり落ちたのは、たったの五文字。

「こんにちは」

会釈をした。岩戸さんも歩くスピードを落とし、

「こんにちは」

そう告げて、すぐに目を伏せる。

マッシュの男が、岩戸さんの表情を覗き込むように確認する。岩戸さんは男に何も告げずに踵を返すと、そのまま何事もなかったかのように歩いていった。

篤との会話に熱中していた友海がぼくに気づいて駆け寄ってくる。ぼくが呆然《ぼうぜん》と見つめる背中に向けて、友海は敵意に近い視線を投げた。その勢いのままに走り出そうとする手を取って、ぼくは友海を引き止める。

「いい」

「でも、あの人……」

「僕が間違ってたんだ」

今は、感情を押し殺すので精一杯だった。

「ぜんぶ僕の勘違いだった」

岩戸さんの背中は小さくなっていき、北校舎の石階段を上ったあたりで消えた。

五

ゼミ室の一つ上の階にある自販機は、いつも水が売り切れている。仕方がないから二番目に安いスポーツドリンクのボタンを押す。

「うう。さっむ。十一月ってこんなに寒かったっけ。いやマジで一限の体育実技だけは勘弁して欲しいわ」

ホットの缶コーヒーのプルタブに指をかけていた篤がこちらをじっと見て言った。

ぼくもキャップを回そうとしたが柔らかいボトルがべこりと凹《へこ》み、中身が溢れて手元がベトベトになった。尻のポケットからハンカチを出そうとすると地面に落ち、拾おうとすると腰に痛みが走る。

ここのところずっとそうだ。何をやっても噛み合わない。なにか重要な歯車が一つ、抜け落ちてしまったみたいに。

「まさかお前があのイワトさんとほんとに付き合ってたとはな」

ぼくはボトルを握り込んでスポーツドリンクを流し込んだ。ライムの香りと作り物の甘さが鼻を抜ける。

眼下には正門へ向かう学生に交じり、大型カメラと三脚、そして巨大なきりたんぽのような集音器を担ぐ人たちがかけずり回っている。ああして隣の芸術学部から時折、撮影のために人が送り込まれてくる。

「俺がこんなこと言うのも筋違いかもしんないけどさ。今はよかったんだよ、これで。岩戸さんはヤバかった」

摑んでいたボトルがベコリと鳴った。それなら、いつが正解だったんだ。

カメラと集音器を持った学生たちは、さながら宝の地図を持った冒険家のように、ひっきりなしに移動して最高の画角を追い求めている。作っているものは映画か、それとも音楽ビデオか。芸術学部はへんなやつが多すぎるから、『普通の大学の風景』を撮るために映画部がわざわざこちらまで来るのだという。

彼らにコンペのチャンスが訪れたら、それはまだ早いと言うだろうか。人生を変えるかもしれないような出会いがあったら、みすみす逃すだろうか。

「あの人、いろんな噂《うわさ》があってさ。学祭実行委員の先輩たちとかにも聞いたんだけど、やっぱり相当の男好きらしい。そりゃもう取っ換え引っ換え」

岩戸さんがずっと底知れない人だということは、ぼくにもわかっていた。

そんなことは覚悟の上だったはずだ。だから……。

「あんな恋愛偏差値の化け物、アイティーベンチャーの社長とかじゃないと無理だって。まして俺たち、一年だぜ」

「僕は、岩戸さんのことを何も知らなかったんだね」

篤がコーヒーを窓縁に置いて、体ごとこちらへ向けた。

「そうだよ。お前はなんも悪くねえし、相手が勝手すぎるだけだ」

篤の指先がぼくの胸をつつく。カットー！　という声が窓の外から入ってくる。

「だったら知らなきゃ。もっと彼女のことを、深く知らないと」

篤は呆気《あっけ》にとられたような顔をして、口をぱくぱくさせた。

「ナツキ、俺は真剣だぞ」

「僕も真剣だ」

心のままに、篤の目を見て言った。これが真剣でなくてなんだ。自分の言葉にこんなに自信が持てたのは初めてだった。

「僕は何か恥ずかしいことを言った？」

篤は閉口した。

「そうじゃないなら、その先輩の名前を教えて」

行動を起こしたのは、その翌日だった。

芸術学部のキャンパスは、通学の際にそばを通るため外観こそ見慣れてはいるが、中に入ったのはこれが初めてだ。正門から入ってすぐ、長身でアフロヘアの女性が歩いてくるのに目を奪われていると、直後に目の前を色とりどりの汚れをつけたツナギ姿の男が走り抜けていく。そうかと思うと、カメラを首から提げた十人ほどの集団が、白い髭《ひげ》をこんもり蓄えた初老の男に叱咤《しった》激励《げきれい》されているのが見えた。

無数の木に囲まれた通りを進むと、大きなドーム状の建物が右手に見えてくる。ぼくはキョロキョロとしながら美術学科棟の中に入った。薄暗いロビーの中央にある腕と頭を失った男体の彫刻や、そこかしこに描かれるフレスコ調の天使が、ぼくの立ち入りを拒んでいるみたいだ。

薄暗い通路は歩くたびにぺたぺたと鳴って落ち着かない。やがてデッサン室というプレートが掛けられた部屋から、鋭い光が廊下まで這い出しているのが見えた。

恐る恐る首を差し込む。おがくずと絵具《えのぐ》、それと油の匂いが、鼻に迫る。

大きな木の作業机がいくつかと、製図板や裁断機、それに電気のこぎりなんかが見えた。台座の上にはフルーツバスケットが置かれ、五人ほどの男女がそれを眺めながら、木で組まれた支柱に巨大なスケッチブックを載せて鉛筆を走らせている。

数本書き入れ、消しゴムで消す。書き入れ、書き入れたより多くを消す。静寂の中に、紙の上を鉛筆が滑る音だけが黙々と流れている。ぼくは忍び足で近づき、向かって手前の、髪を後ろで縛った男に声をかけた。

「すみません」

ぼくが言うと、男は顔を上げた。高い鼻と、切れ長の目。鋭く絞られた視線が、だんだんと人と話すための温和な目元に戻っていく。

「あ、どうしましたか？」

「実は、人を捜しているんですけど」

男は一瞬眉を寄せて首を傾けたが、すぐにまた優しい表情になり、

「他大学の方ですか？」

「隣の文学部から来ました」

「ああ、一般の」

男はそう言ってどこか納得したようにうなずくと、握り込んでいた黒っぽいねりけしを置いて、体ごとこちらに向ける。

「それで捜している、というのは」

「石川《いしかわ》修司《しゅうじ》さんという方なんですが」

すると男は一瞬あっと大きく口を開け、すぐにそれを穏やかな笑いに変えた。

「それ俺のことです」

ぼくはまぬけな声を上げた。この男が、石川修司。確かに実行委員会というのは対人関係に優れていて、彼のように気立ての良い人間にこそふさわしい気がする。

「あと、敬語はいいっすよ。俺なんて、尊敬されるようなやつじゃないし」

「はい。いや……う、うん」下顎がムズムズするような感覚を覚えながら、「わかった」と無理やり声に出した。

「ちょっと喫煙所で話さない？」

石川修司は背中をパキパキと鳴らして立ち上がった。

ロビーから直結する喫煙所には木製デッキが渡された吹き抜けフロアがあり、果物の形をした椅子や動物を模したテーブルなどが置かれ、ちょっとしたテーマパークだった。人の数は意外と多く、煙が渦巻く中で弁当箱を開けている者もいる。

石川さんが林檎の椅子に座ると、ぼくも向かい合うように、バナナに腰掛ける。ツルツルしていて、気を抜くと滑り落ちてしまいそうだった。

「それで俺にどういったご用件かな」

石川さんはくしゃくしゃに潰れた箱を胸ポケットから出してタバコを一本抜き、ジッポを点《つ》けた。ぼくはそれとなく顔を逸らした。

「油彩画専攻で二年の、岩戸優紀って知ってます？」

その名前を口に出した瞬間、それまで完全に無関係だった周りの視線が、演劇のワンシーンのようにいっせいにぼくへ集まった。

時間が凍りついたような空間で、ぼくの鼓動の音だけがうるさく鳴った。

「やだなあ、どうしてその名前を？」

石川さんは急にキモチワルイ笑顔になって、沈黙を破った。

「それは、なんていうか……」

石川さんはしばらく言《い》い淀《よど》むぼくを観察していたが、やがて納得したように何度かうなずき、そういうことね、と言った。そして首をかしげるぼくへ告げた。

「あの子は冬は来ないよ。学校」

何かの謎かけだろうか？　それとも冬の間、留学でもするということだろうか。細く引き伸ばされた目からは、なんの情報も汲《く》み取《と》れない。

「そんな顔するなよ。俺も正直、よく知らないんだ」

「冬の間、一度も来なくなるんですか？」

「それだけじゃない。ラインもフェイスブックもツイッターも、全部止まる。音信不通。もともと、あんまりネット弁慶ってタイプでもなかったけど」

石川さんは再び大きく煙を吐き出したので、ぼくは口をきっぱりと結んだ。指先に挟まれた灰の塊を吸殻入れに押し付けた石川さんは「ごめんね、けむり嫌だった？」と言って煙がぼくに届かないように手で風向きを変えた。

「すみません。まだ慣れてないだけなんです」

「いやいや。結局吸ってるヤツが悪いから」

あたふたするぼくの様子を見て、石川さんは何か閃《ひらめ》いたような顔をする。

「後輩、文学部、タバコ嫌い……そうか、君が例の一年生ってわけか」

「岩戸さん、僕のことを何か言っていたんですか」

ぼくが身を乗り出して訊くと、石川さんは悩ましげな顔になって、

「んー。面倒な子。まとわりついてくるうざったい子だって」

ぼくは絶句した。心臓を刺すような痛みが走った。痛みは心臓から体に抜け、関節の節々を硬張《こわば》らせた。耳鳴りがしてきて、目の前が遠くなった。

呆然とその言葉を反芻《はんすう》していると、石川さんは突然、悪戯《いたずら》っぽい笑いを浮かべる。

「っていうのはうそで……、申し訳ないことをしたって、言ってたよ。どうせ一緒にいられないのに、一緒にいられると思わせているのが申し訳ないって。いやぁ、すごく傲慢なやつだよな。本当に自分勝手でさ」

石川さんは視線を遠方に投げ、ちょっと頬を緩めると、

「でも可愛《かわい》いからモテるんだよなぁ」

と言って、しばらく黙り込んだ。

六

「すみません――」

訊ねる語気が少し強すぎたのか、一階のデッサン室にたむろする男たちは驚いたように肩を回す。

五人のうち三人が、眉をひそめて顔を下に向けた。残りの二人のうち一人は眼鏡の下で困惑の表情を作り、キャップをかぶった男はぼくをあからさまに睨みつけた。

「なんでそれを？」

キャップの男の声は、視線と同じぐらい刺々《とげとげ》しい。

「個人的な用事で、捜しているんです」

男はいぶかしげな目でぼくを見つめるも、すぐに憐《あわれ》むような顔つきになった。

「なあ、イワトユキってどっかで訊いたことあるよな」

眼鏡をかけている一人が、他の四人に呼びかける。

「おまえ、知らないのかよ。優紀ったら、美術じゃ有名だぜ？」

俯いていた一人が顔を上げて、嫌味ったらしく言う。

「あんたも被害者か？」

キャップが訊ねる。

「被害者って何ですか」

「そのままの意味だよ。あいつに使われて捨てられた」

「おい龍太郎《りゆうたろう》、ちょっと言い方悪いぞ」

眼鏡の男が、キャップの男の肩をどつき、「すみませんね、こいつもちょっと、岩戸さんとひと悶着《もんちやく》ありまして」と低姿勢で謝った。

「うるせえ。俺から振ったんだよ」

キャップの男がかかとをテーブルの脚にぶつけた。中身の少なくなっていた紅茶のペットボトルがかたりと倒れる。

「あんな売女《ばいた》、こっちから願い下げだ」

ぼくは奥歯をぐっと嚙んで、倒れたペットボトルを睨んだ。

二階と三階、そして四階の学科事務室まで駆け回って声をかけ続けるも、わかったのは岩戸優紀に大勢の男子学生との交際歴があるということと、冬になると学校に来なくなるということだけ。学科の学生たちはみな、名前を聞くだけで顔をしかめるし、事務室の人間は何も話せないの一点張り。

岩戸優紀は一体、何と戦っているのだろうか。

それともこれは全てぼくの取り越し苦労で、彼女は今もどこかの誰かの腕で、安らかに眠っているのだろうか……。

「違う！」

首を振って、心の奥の濁りを吐き出した。どこかに彼女の手がかりがあるのではないかという期待を、まだ消すことができない。

目を焼くような西日が通路を貫いて、反対側の教室の扉に達している。ぼくはへとへとになりながら屋上へと続く階段を上りきり、倒れ込むように非常扉を開ける。

そこには、赤く照り返す巨大なコンクリートの平面があるだけだった。

呼吸が苦しくて心臓がきりきりと痛む。徒労感と寂しさが、ぼくの何かを変えた。

「岩戸優紀さーん!!」

やけくそだった。かすれた声が、都内の住宅街の真上を飛んでいく。眼下で、数人が空を見上げるのがわかった。ぼくは慌てて虚空から頭を引き抜いた。

「わーお」

疲弊した心臓がまたしても、どきん、と跳ね上がる。肩で息をしながら、おそるおそる振り返る。

「すごい雄叫《おたけ》び」

「あっ……いや、これは」

「続けてくれて結構だよ」

非常扉の前に、背の高い男性が立っていて、腰の低い位置で拍手を打っていた。髪型はマッシュで、ベージュのチェスターコートに、黒のタートルネック。けれど何かがおかしい。聞こえてきたのは、低めの女性の声。

その外見、たしか見覚えがあった。学園祭の日、岩戸優紀と会った最後の日。あのとき、岩戸さんの隣にいた人間を、ぼくは男だとばかり思っていたが――。

「あの、すみません、どこかで」

「いちどだけ」

凛々《りり》しい顔つきと、モデルのようにぴんと張った姿勢の女性は、眩しそうに額に手をかざしながら言った。

「学園祭のときに一度だけすれ違ったかな。あのときはやけに、なんていうかな、膠《こう》着《ちゃく》していたようだけど」

「岩戸さんのご友人ですか」

「友人も友人。ただひとりの友人。あいつは私に頼りきりさ」

女性がそう言ったので、ぼくは胸の内に安堵《あんど》が湧き上がるのを覚えた。

「私は霜木《しもき》恵那《えな》」

「僕は、うずめ……」

「夏樹くんのことはもちろん知っている。私が知らないわけないでしょうが」

霜木さんはそう言って、ポケットから引き抜いた右手を差し出した。大きく、それでいて細長い指先に触れる。肌は柔らかく、ハンドクリームか何かで潤っている。

ぼくらは隅に置かれたベンチに移動して腰を下ろした。

「あんなふうに叫んだら、プライバシーの漏洩《ろうえい》だよ」

「お恥ずかしいところを、すみません」

ぼくが頭を下げると、私に謝られても、と言って霜木さんは苦笑いを浮かべた。確かにそうだが、どこへ向けて頭を下げればいいかさえ、ぼくは知らないのだ。

「叫びたくなるほど、つらかったのかな。夏樹くん」

地面のコンクリートの溝には、泡のように苔《こけ》が生えていて、苔に囲まれた草が、二枚に割れた葉を力なく地面に垂らしている。

「ならあいつもとっくに叫んでいるだろう」

「霜木さんは、岩戸さんについて何か知っているんですか」

「私は全部を聞かされているよ。文字通り、全部を」

「なら教えてください！　岩戸さんは今どこで、何をしているんですか」

「実家にいる」

「それって」

すると霜木さんは薄く赤らんだ豊かな唇へ、人差し指を押し当てる。

「それ以上は、言えないことになっている」

「どうして！」

「優紀がそれを望んでいないから」

「望んでいない、って……」

霜木さんは深く一回うなずいた。望んでいない。ぼくはその言葉を咀嚼して、消化しようとしたけど、とうてい無理だった。

「それだけ彼女にとっても、冬というものが、アキレス腱《けん》なんだよ」

屋上特有の強い風が吹き、寒さが体の中に染み込んだ。霜木さんは肩をすぼめ、ポケットに手を入れコートを体の前で交差させる。

「僕は、捨てられたんですか」

これからもっと寒くなるというときに。これから多くの楽しいことが待っているというときに。よりにもよって。

「どう思う？」

霜木さんは首を傾けて、ぼくをじっとりと見る。

「もし冬の間、ずっと会えないとしたら。どれだけお願いしても、どんな策を講じても、冬の間一人きりになるとしたら。それは捨てられたと言えるかね」

「もう一度会えるなら、どれだけだって待ちます」

ぼくがそう言い切ると、霜木さんは口元をにいっと引き伸ばして、顔全体に平たい笑みを作ると、「浸ってるねえ」と言って、声を上げて少し笑った。

「いずれにせよ、本当のことを知りたければ、彼女に直接会って訊くしかない」

今までの誰とも違った。霜木さんはぼくを慰めるでもなく、嘲笑うでもなく、ただ空気のように透明に、完全に中立な立場でそこにいた。

「でもその頃には、君はきっと別の人を好きになっているだろうけどね」

「なんで、そんなこと言うんですか」

「だって、そういうものでしょう。学生のレンアイって」

うなずくこともできず、ぼくは固まったまま地面を見つめた。

「他に好きな子はいないの？」

「岩戸さんのことが」

「岩戸さんのことも、でしょう。生物学的にナンセンス。君は別の人を好きになることだってできるはず。例えば仲の良い女友達とかね」

一瞬、友海が浮かんで、焦ってかき消す。

「どうして優紀なのか」

霜木さんはそれ以上、ぼくを問い詰めることはなかった。問い詰める必要がなかったのかもしれない。ぼくは喉が詰まったように声が出なかったし、俯いて地面を睨み続けるばかりだったから。

七

電車が到着して、無数の人が流れ込んでいく。大半は学生だろう。半数以上がイヤホンかヘッドホンを当てている。その中の何人が今、恋をしているのだろう。

決まった付き合い方なんて現代には存在しない。

人間関係に名前をつけることに意味はなくて、名前で関係を縛ることは尚更《なおさら》ナンセンスで。ただ剝き出しの人と人とがあるだけなら、好きという言葉は誰かのそばに居続けるための免罪符でしかないのかもしれない。

五本か、六本目の電車が通過した。音でそうわかった。

「あれ？　なつきじゃん」

ふいに、背後から投げられた声に、体をひねる。友海だった。

「どしたー、こんなところで」

二度声をかけられたので、仕方なく顔を上げる。いつのまにか空は青黒く沈んでいて、ベンチの縁から垂れ下がるコートの下で、自分の足がかすかに震えていることに気づく。寒さは毒のように身体中《からだじゅう》に回っていた。

「見てわかるだろ。電車待ってんの」

「今からどこ行こうってのよ。家この辺でしょ」

悪戯っぽく言う友海。しかしその表情にはどこか精気がない。

「なんか、落ち着くんだよ、ここ」

「でも改札くぐってんじゃん」

「あとで間違えましたって言って精算所で戻してもらう」

ズルくない？　と目を平たくして言う友海。そのとき、ぼくは彼女の変化に気づいた。下唇のピアスが外されており、茶髪だった髪も黒く染まっている。

「友海、ピアスは？」

「新しいバ先がダメだって」

「友海はちゃんとバイトしていて偉いね」

「なつきだって小説書いてるし偉いんじゃない？」

友海はそう言って少し俯くと、うち片親だから、とこぼす。

「兄貴がね、大学やめちゃって……。実家にいるんだ、ずっと。だから、あたしはバイトしないといけんのよ」

こういうとき、すぐに何か言えたなら。言葉を選ぶあまり、ぼくはかけるタイミングを見失ってしまう。

いや……、そもそも心のままに誰かに何かを言えたことなど、あっただろうか。

「あのさ、前言ってたバゲージズ、覚えてる？」

「うん」

「ベースの人が不祥事起こして、ライブ中止になっちゃった。ベースはみんな変態っていうけど本当だったんだね。チケット代は返金されたんだけど。もう一つの方が……」

「友海はさ、いつも真剣だよね。そういうところが、なんていうか……僕には、すごいことに思えるし、素敵だと思う」

「ちょ。なにいきなり」

「どうしてそんな好きになれたの？　他でもないそのバンドをさ」

「どうして、って。え、めっちゃ難しいこと訊くじゃん。バゲージズは無名の頃から追ってて、最初のフォロワーで。あたしはドラムのなー君が推しだったから。なー君にも兄がいるんだけど、家庭環境が似てたからかな……」

友海はしばし頭を抱えていたが、やがて薄暗い思考の底から答えを引っ張り上げるように言った。

「でもさ、好きってなるもんじゃなくて、なってるもんなんじゃないの？」

ああ、そうか。

そうだよな。

最初から、好きじゃないといけない理由がどこにある。好きじゃないと興味を持っちゃいけないなんて法がどこにある。

どうして優紀なのか？　ぼくだってわかんないよそんなこと。

でも、だからこそ、知りたい。それで全然いいんだ。

友海が不可解そうにぼくを見る。友海には申し訳ないけれど、この喉から出かかった言葉が、いまやっと摑めそうだった。

「彼女を見つけなきゃ」

「それって岩戸さんのこと、だよね。あたしも噂くらいは……知ってるよ」

険しさを帯びた友海の顔が、下から覗き込んでくる。

「やめた方がいいよ。遊ばれて傷つくのは、なつきなんだよ」

フェイスブックには住所はおろか、生年月日さえ載っていなかった。だけどまだ諦められない。ぼくは勢いよく立ち上がって走り出した。

「ごめん。僕、行かなきゃ」

「え、ちょっと、どこへ」

エスカレーターの右側を上りかけたぼくは、一度だけ振り返る。

「そのカンジ、似合ってると思う！」

引き止めるような声が背中に触れたが、ぼくは振り切ってエスカレーターをガタガタ上った。

芸術学部のキャンパスまで走って、帰路につく人の流れに逆らって進む。美術学科棟の四階まで上がると、ちょうど講師室の電気が落とされる寸前だった。柱の角に体を張りつけて首を出せば、すりガラス越しに動く影が見えた。影はすぐ実体に変わり、ＯＬ風の服装の女性が、暗くなった部屋をあとに、やや早足でトイレへと駆け込んでいく。闇に響く足音が消えてからスマホのライトをつけ、急いで扉の中に駆け込んだ。

学籍簿には、緊急第二連絡先として実家の住所を載せているはず。ぼくは文学部の講師室を頭に浮かべる。部屋の配置はそれほど変わらないが、当然、デスクやプリンターの位置取りは異なるし、なにより石膏《せっこう》でできた胸像や、未使用のイーゼルにカンバスが場所をとっていて、重要書類の棚の位置が見当たらない。

そもそも、書庫の棚の鍵が開いているなんてことはあるのだろうか。

夜に慣れた目がスマホのライトの力を借りて、棚を片っ端から探した。中間考査、ゼミ、サークル資料など、ラベルで分けられているものはまだいい。全く何も書かれていない棚は中身を三、四枚読まなければ、何についてのフォルダなのか予想することさえできない。

女性の戻りは遅い。わずかに開かれた扉から入り込む非常灯の明かりが不気味だ。

ぼくは何をしている？　何か当てがあるわけでもない。ばれたら間違いなく停学なのに、どうしてこんな無謀なことを……。

（くそっ）

叫びを小声に抑え込んで、すぼめた口の先から吐き出す。

（どこだ、どこだ）

プラスチックの引き出しが引っかかって、ぼくは少し力を込めた。すると力余ってトレーが飛び出し、カランカラン、と音を闇に響かせる。

そこへ、ぺた、ぺた、という足音が重なったので、ぼくの心臓は本当に数秒止まっていたと思う。

「誰かいるの？」

息を殺して、後ずさる。扉の死角を経由して、デスクの下に身を埋《うず》める。

ぼくは両膝の中に頭を突っ込み、口を手で覆った。

女性の存在を知らせるのは足音だけだった。しかしそれはゆっくりと、着実に大きくなっていく。

「そこにいるんでしょ？」

足音が止まり、カチ、と音がする。扉から差し込んだ光が女性の影を描き出した。

「いやあ、ばれてしまいましたか」

今度はコツ、コツ、という足音だった。

「やだ、教授じゃないですか。どうされたんですか」

「ちょっと荷物を置きにきてね。やっと補講が終わったところで。遅かったかね？」

「だいぶ遅いですよ」

女性は穏やかさの裏に、苛立ちを隠すように言う。

「またプライベートレッスンですか」

「ああ。今日の子はね、デッサン力は素晴らしいし、絵作りに光るものがある。でも何かこう、膠着しているところがあって、本音が見えてこない」

足音はデスクを回り込むように近づき、そして——ぼくの前を通過する尖《とが》った紫のエナメル質の靴、色物のスーツが視界を横切る。

「それを一枚一枚脱がせていくのが教授のつとめだと、君もそう……」

その足が、目の前で止まった。

「トレーが一つ落ちていたよ」

「えっ、ほんとうですか？」

「ああ。こういうことはしっかりしてもらわないと」

男は語気を強め、急に命令口調になった。

「全く、最近の若いやつときたら」

「神崎教授もお若いですよ」

　ぼくはその言葉を聞き逃さなかった。神崎教授……。確か、岩戸優紀の出席する授業を受け持つ人物だ。

「私はいつでもヤングアットハートさ」

　神崎がかがみ、その影も折れ曲がった。トレーが元の位置に戻され、何かがデスクに置かれる衝撃が、背中を通して伝わってくる。

「私と飲みに行くかね。サシで」

「そうですね、機会があれば……」

　足音が去っていく。がちゃり、とドアを閉める音。それからエレベーターを待つ二人のくぐもった声がしばらく聞こえていた。女性の方はやんわり断っているのに、神崎はしつこく食い下がっていた。

　その声も消えると、縮み上がったぼくの体を、ほんとうの夜が包んだ。

　ひとりきりの安心感と孤独感が入り交じる。

　ほっと胸を撫で下ろして立ち上がろうとすると、頭がデスクの底に激突して、痛みが駆け抜け、かなり大きな音が出た。

　ぼくは頭を撫でながら姿勢を持ち上げた。

ライトでデスクの上を照らすと、ブランドものの革製のバッグが書類の上に無造作に投げ置かれている。ぼくはボタンを外して、その中を見た。三冊ほどの本と飲みかけの緑茶のペットボトル、そして書類の入ったクリアファイル。その中には……あった、学生の名簿だ。

二列の枠の中にずらりと書き納められた名前と学籍番号、そして住所。岩戸、岩戸、岩戸……『岩』の字を探しながら視線を下ろしていくと、岩戸優紀という名前で止まる。見つけた。名古屋市、という文字が見えた。

ぼくはすぐにカメラ機能を呼び出し、フラッシュを焚《た》いて写真を何枚か撮ると、元どおりの順番に紙を戻し、バッグに入れる。

いつの間にか全身を鳥肌がおおっている。空調が止まった講師室はどんどん寒くなっていっているみたいだった。

ぼくは左右をキョロキョロしながら外に出て、エレベーターに飛び乗った。

降下する途中、スマホの写真フォルダを開いた。

——P02-50221　岩戸優紀　愛知県名古屋市太閤区《たいこうく》太閤町《たいこうちょう》二丁目二番地

ひとりきりのエレベーターの中で、ぼくは友海に電話をかけた。二コール目の途中で、どした、という友海の朗らかな声が聞こえる。

「チケットまだ持ってる？」

『だから払い戻しされたって』

「そうじゃなくて夜行バスの方」

エレベーターから出たあと、巨大な移動柵で表門は閉鎖されていた。ぼくは見知らぬキャンパス内を、記憶の地図を頼りに歩き始めた。

『あるよ。今払い戻ししても七割はとられるって……』

「買うよ」

『いうて三千円が消滅したのはきついですわ……え、え、何？』

それは普段からお世辞にもはぶりが良いとは言えないぼくが、全く言いそうにないことだったからだろう。友海が混じりけのない困惑を漏らす。

赤信号で立ち止まったぼくは、十割お金を払うからチケットを譲って欲しいと話した。

『助かるけど、こりゃまたどうして？　だって行き先、名古屋じゃ——』

と、そこで、止まる友海の声。

沈黙のうちに信号が変わり、隣に並んでいた学生たちが歩き出す。ぼくの足は、点字ブロックを踏んだまま、動けなかった。

『そっか。そういうことか。ここでも岩戸さんが出てきちゃうんだ』

友海の声が急に、重みを増す。

そして鋭い切先のようになって、耳元に突きつけられる。

『なつき、やめなよ』

「なんで岩戸さんのことだってわかるの？」

『兄貴が知り合いってだけ。その感じだと、家まで行こうとしてるじゃん』

「うん」

ぼくは淀みない返事を放った。

友海の声が、きんと裏返る。

『そんなのおかしいじゃん！　なつき、なんか七月から変だよ。そんな真面目にさ、誰かを好きっていうタイプじゃなかったじゃん』

実際に、そうかもしれない。誰かを、あるいは何かを好きということの難しさは、この身をもって知っている。

だけど今回は何かが違う。その何かが突き止められないだけで、違う。

『でもさ、わかるよ。寂しんでしょ？　話ならあたしが聞いてあげるから！　だからほんと、やめときなよ、もう』

友海はきっと、心から心配してくれているのだ。男子にはない嗅覚で、岩戸優紀という女性の怖さを察しているからかもしれない。

だけどこれはすでに〝相談〟ではなくなっていた。

「ごめん。でももう、どうするかは決めてるから」

『……』

友海が貫く沈黙は、ぼくを馬鹿なやつだと哀れんでいたのだろうか。そうだとしても、ぼくが続ける言葉が変わる余地なんて、なかったのだ。

「チケットは自分で買うよ。ありがとう」

そう告げて電話を切ると、裏口が開いているのを見つけて、守衛に見つからないようにそそくさとキャンパスを出た。

八

三列編成の夜行バスの中は意外に広かった。ただ足下から吹き出る暖房が暑くて、隣に座った男性の立てる幸せそうな寝息が、ぼくをなおさら眠りから遠ざけた。

明け方ターミナルに着き、逃げ込んだマクドナルド。見慣れない土地でも変わることのないチェーン店は、なんだか落ち着く。朝限定メニューを頼み、運良く見つかった角席に腰を下ろしてファンタメロンを飲みながら頬杖《ほおづえ》をついていると、睡魔が襲ってきた。

頭を上げると軽い頭痛がして、何かが頰に張りつく感覚があった。べりべりべり、と音を立てて剝《は》がれる紙ナプキン。口元はよだれでパリパリだった。

ポケットの中が熱かった。慌てて取り出すと、いつからかカメラモードがオンになっていて、充電は残り十パーセントを切っている。

時刻は十時半を回ろうとしている。ぼくは冷めたエッグマックマフィンとハッシュポテトを口に突っ込んで薄くなったファンタで流し込むと、店を出た。

寝ぼけまなこに鞭《むち》打って、頭上の東山線《ひがしやません》の黄色いマークを追う。地下街は中高年向けの服飾店や美容品店が目立ち、都内の店構えに比べると全体的に少し対象年齢が高いように見えた。

改札付近の駅員に、太閤町への行き方を訊ねる。このまま東山線の高畑《たかばた》方面へ乗り、本陣駅《ほんじんえき》で降りるのがいいそうだ。

ホームの黒ずんだベンチの下には、ペットボトルやビニール袋が落ちていて、ノスタルジックなアラートが流れると、すぐかび臭く生暖かい風がびゅんと吹いて車両がやってきた。

車内はすいていて、座っているのは高齢者だけだった。小倉色のシートに腰を下ろすと、腹の底がムズムズしてかゆくなる。

——次は、亀島《かめじま》、亀島。バーチャル映像で楽しむバッティングセンター、マイドーム方面は、次でお降りください。

アナウンスが降った。亀島駅に停《と》まっても、人の乗り降りはほとんどない。

──次は本陣、本陣。薬草専門店、漢方の本陣方面は、次でお降りください。

ここだ。立ち上がって、ドア付近のポールを摑んだ。車体が激しく揺れ、ヴォオン、という耳を塞ぎたくなるような低い音が響く。

正真正銘、ここにぼくはひとりきりだ。

岩戸さん。

その名前だけをよるべに、電車を降りて地図アプリに導かれながら歩く。

都心に比べれば道幅はずっと広かった。シルバーカーを押して歩く高齢者に連続で何人もすれ違うのは、生まれてから初めてのことかもしれない。

大通りから脇道に入り道幅も狭くなってくると、地図上で赤いピンの打たれた袋小《ふくろこう》路《じ》へと辿《たど》り着《つ》く。駅から徒歩で五分と出ていたが、どう考えても二十分以上かかった。

茶色い外装の、二階建ての戸建て。アプローチには玉砂利が敷き詰めてあり、ルーフのある小さな車庫にはトヨタのセダンが停まっている。

大理石の表札に、岩戸、という文字が刻まれているのを、この目で見る。

間違っていなかった。

ぼくは報われた気持ちになって、しばらく立《た》ち惚《ほう》けた。

が、すぐに何も解決していないことに気づくと、そこでふっと十一月の風が吹いて、熱に侵された頭を冷やした。子供の頃、正しいと信じていた算数の解法を、塾の先生から間違っていると言われたときみたいだった。ぼくは数日間先生の言うことを疑い続け、挙句、自分の解法を何重にも捻《ひね》って無理やり答えに結びつけたりしたのだった。

行動を起こすなら、まずは自分を信じなくては。そうしなければまた、何もできずにタイミングが去ってしまう。『行動できなかったヤツ』になってしまう。

でも、ぼくが今やっていることは、一体なんだ。四千五百円と電車代を払って、三百キロの距離を越えて、そんなお金と距離をぼくは、あてのない可能性だけに賭けてきた。自分の中に見つけたかもしれなかった、『純粋な想《おも》い』に従って。

だが、もはや、誰もぼくの気持ちなど認めてはくれない。これは、そうだ、ぼくがやっていることは、まるで。

「うわっ、ストーカー……」

片手にポリ袋を提げた女の子が立っていた。栗色《くりいろ》の髪を二つ結びにしたその女の子は、二つの大きなつり目で、こちらを不審そうに睨んでいる。

ぼくが一歩動くと、女の子も一歩退く。女の子はゆっくりとパーカーのポケットから、突っ込んでいた片手を引き抜いた。

「それ以上動かないでください！　通報しますよ」

その手にはスマホが握られており、通話画面にはすでに110番が押されている。

「違う、これは」

「動かないでください」

ぼくは両手を上げて固まった。

「警察を呼びますよ。大声もあげます」

「いや、だから」

「早く消えて！　私には守らなきゃいけない人がいるんだから！」

張り詰めた声が袋小路に反響した。そこで、気づいた。

つり上がった目元。アーモンド形の輪郭。茶色に染めてはいるものの、頭頂部に露出した、艶のある黒髪。それはどことなく、岩戸優紀を彷彿《ほうふつ》とさせる。

メイクや服装、まとう雰囲気が清楚系《せいそけい》の岩戸さんとは真逆な印象を与えていたが、だからこそ似ているところが際立った。

「あなたはもしかして岩戸さんの」

そう言うと女の子の顔から警戒が薄れ、掲げていたスマホが腰の位置まで下ろされる。

「姉の知り合いですか」

「後輩です。サークルの」

ため息をつく女の子。警戒は解かれたものの、お世辞にも友好的とは言えない。

「大学生ですか？　高校生ぐらいに見えたもので」

事実、去年までそうだった。ガキっぽいってことか？　そんなにはっきりと言わなくたって……。

「いるんですよ時々。姉の〝うわさ〟を聞きつけてやってくる馬鹿どもが」

「噂……？」

「姉を侮辱するくそみたいなうわさですよ」

女の子が一瞬眉をひそめてぼくを凝視した。

「待ってください。サークル？　それってローマ字三文字の？」

「GTRです」

ぼくが言うと、女の子は愕然《がくぜん》としたように口をだらんと開けた。

「じゃああなたが、姉の言っていた……」

とたんにその目つきは鋭くなり、ぼくを貫かんとばかりに矢のような視線を放った。

「ついて来てください。あなたが来たら入れるように言われてます」

しゃくですけど、と女の子は恨めしそうに付け加える。

「姉の言いつけなので」

女の子はぼくの目の前を横切って外門《そともん》を開け、玉砂利を踏み鳴らしながら歩いてドアに鍵を挿した。

九

女の子は脱いだ靴を逆さ向きにし、かかとをつまんできちんと揃えていく。

玄関の戸棚の上には、二体の雪だるまが手をつないだ紙粘土の像が置いてあり、その隣に小型の加湿器だろうか、涙形の壺がぽくぽくと水蒸気の輪を吐き出している。

爽やかで少し甘い、他人《ひと》の家独特の匂いだ。

キッチンとつながったリビングらしき場所には、六人がけぐらいの重厚感のある木製のテーブルがあって、壁面は金属製のシェルフが埋めている。テーブルと同じデザインの四つの木椅子の中で、肘掛けのついたプラスチックの椅子だけが異質だ。

壁掛けの額には闇夜に佇《たたず》むコンビニエンスストアらしき絵が、繊細な色鉛筆のスケッチで描かれている。画用紙の右下には小さく、岩戸優紀のサインが見える。

女の子はポリ袋をテーブルの上に置き、木椅子を引いた。そしてすぐに彼女の指が、ぼくが座る場所を決めた。

「不可能の不、由来の由、美人の美、と書いてフユミです」

着座するとすぐに女の子は――不由美さんは平淡な声で言った。

「僕は——」

「あなたの名前は知っていますので。うずめなつきさん」

「妹ってことは、大学何年生なんですか？」

「は？」

不由美さんの目が細く絞られ、侮蔑に満ちた視線でぼくを見た。

「ずいぶん老けて見られたものですね。私は高校生です。今年で二年の」

「高校生……」

それにしては随分とはっきりした態度だ。ぼくは不由美さんの姿をそれとなく見て、幼さの中になにか覚悟のようなものを感じ取った。その覚悟が彼女に、高校生離れした眼力と力強い言葉を与えているのだ。

「でも、制服は。というか、学校は」

「今日はお母さんが、どうしても外せない用事がありまして」

不由美さんはポリ袋の中からプラスチックの容器を取り出すと、薄い包装を剝がして蓋を開けた。明太《めんたい》クリームパスタから、うっすらと湯気が立ち上る。

「誰かが見ていないといけないでしょ。今日はその誰かが、私ってだけです」

プラスチックのフォークが沈められ、クルクルと巻かれる。そして口を大きく開けて、不由美さんは啜ることなくコンビニパスタを食べ進めていく。

「すみませんね、まだ何も食べていないんです」

「ごゆっくりどうぞ」

「言われなくともそうしますが」

不由美さんは無愛想に言って、休むことなく腕と顎を動かし続けた。容器の中はどんどん減っていき、あっという間に空になる。そしてフォークとビニール包装を器に突っ込むと、蓋を強引に閉じて台所のゴミ箱に投げ捨てた。

ペットボトル入りの緑茶を持ってテーブルに戻ってきた不由美さんは腕時計に視線を落とすと、面倒臭そうにぼくを見た。

「姉が通っている大学は、いいところですか」

ぼくと岩戸さんは、同じ大学に通っている。キャンパスも隣接していて、違うのは学部だけ。そのはずなのに――答えられない。

「……すみません。学部が違うので、なんとも」

「そうですよね」

不由美さんは再び腕時計を見た。それからペットボトルを押しつぶして中身を押し出すように飲むと、パーカーの袖でぐっと口元を拭う。

「姉は、あなたが来るかもしれないと言っていました。もし来たら家に上げて、丁重に対応しろと」

岩戸さんは、ぼくのことを妹に話していた。あまつさえ、来るかもしれないと思っていた！　そのことだけでぼくは、まだ息をしていられる気がした。

「でも私は納得いきません。そもそもどうして、わざわざ東京なんかから？　家の前に突っ立って、私が来なかったら一体どうしていたんですか」

「それは……」

考えないようにしていた。考えれば今まで通り、行動できないと思ったから。

わざと流れに乗って、危うさのままに体を動かした。

でもそれは、つまり――。

「今はぜんぶに目を瞑《つむ》ります。私は忙しいので。ただ、姉に会う前に聞いておかないといけないことがあります――どうしてここへ」

それは彼女の意思なのか、それとも岩戸さんの意思なのか。不由美さんはふたたびぼくを睨みつけた。

「心配で」ぼくは不由美さんの顔色をうかがいながら言った。「岩戸さん、いや、優紀さんと急に連絡が取れなくなって。学科の人に訊いて回ったら、冬に学校に来ないっていうし、実際にフェイスブックの更新も止まっているし。とても……不安になって」

「そうですか、それを聞いて安心しました」

不由美さんは若干顔を緩ませ、穏やかな表情を作ると、

「その程度の理由ならあなたを二階に上げても問題なさそうです」

にっこりとして、胸の前で両手を握り合わせた。

そのとき、頭上の方面からアラームの音が鳴り響いた。不由美さんが顔を上げ、ちょうどですね、とこぼす。

「僕は優紀さんに会えますか」

「会えますよ」

不由美さんは皮肉っぽく片方の眉だけを歪めた。

「ただし姉はあなたに会えない。それでもいいのなら」

なんだよそれ。

でも、どのみちぼくには、うなずく以外にできることなんてなかったのだ。


階段の踊り場と壁には、額に収まった絵があった。段の低いうちは明るい水彩画が主だったが、上るにつれ油画が増えていき、同時に背景が暗くなり光の明暗がはっきりと描き分けられた絵が増えていくようだった。

「姉が描いたものです」

スカートの裾を押さえながら、上を行く不由美さんが言った。

「ちょうど私が産まれた頃から描き始めて、この家で描いていた五年前までの作品がずらり。押し入れに仕舞ってあったものを飾ろうと言い出したのは、母の案で」
「綺麗ですね。背景が全体的に濃い色で、ちょっと陰がある感じが優紀さんらしいって
いうか」
「そうですか？　私にはわかりません。もしうずめさんにわかるなら、うちの母と仲良
くなれるかもしれませんよ」
不由美さんは嫌味っぽく言った。
ぎし、ぎし、という音を立てながら二階に着くと、一本の廊下に複数の部屋がつなが
っていて、その一番奥が岩戸さんの部屋らしい。確かにYukiと流麗《りゅうれい》な筆記体で書かれ
た切り株のプレートが、閉ざされた部屋の扉に掛かっている。断続的に聞こえるアラー
ムの音もまた、その扉から漏れ出ているようだった。
「待って」
ドアノブに手をかけた不由美さんを引き止める。
「本当に入っていいんですよね」
不由美さんはぼくを一瞥したあと、何も答えずにドアノブを捻った。ぼくの逡巡《しゅんじゅん》など
気にも留めず、ドアは何事もなく内向きに開かれる。
まず、ほのかに油の匂いと、熱気に近い暖かい空気が全身を呑んだ。
壁にたくさんの絵。青いターバンの少女に、ダリの溶けた時計の絵から、レタッチさ

れた都心の夜の写真……そういうものの中に、吉本芸人《よしもとげいにん》のブロマイドが紛れている。そして部屋の角に置かれた大きな医療用ベッドで、岩戸さんは静かに寝息を立てていた。

　恐ろしく穏やかで優美な寝顔は、死んでいるのではないかと錯覚させた。思えば彼女の寝息を初めて聞くかもしれない。こんなにやすらかだなんて。

「岩戸さん」

　ぼくは岩戸さんに再会できた安心と、それと同質量の不安に任せて叫んだ。不由美さんが顔をしかめ、口に人差し指を当てて、しー、と息を吐く。

「寝室ではお静かに」

　断続的に音を放っていたのは、点滴台に取り付けられた輸液ポンプだった。掛け布団の端から伸びるチューブと、ぺちゃんこになった透明なパウチとをつないでいる。

　不由美さんがポンプの青いボタンを押すと、アラーム音が止《や》んだ。そして布団をお腹までまくり、右腕に差し込まれた針からチューブを外すと、針へ注射器から透明な液体を流し込み、新しいパウチとチューブをつないだ。再びポンプを起動し、クリップのようなものを捻って、補充された液体の流れを調節するまで、一切のためらいがなかった。

「寝てるだけです」

　呆然として漂うぼくの意識を、不由美さんの声が捉える。

「寝てる、って」

「文字通りの意味です。姉は、ただ眠っている」

不由美さんはベッドに背をつけてしゃがむと、膝を折り曲げて足を引き寄せた。

「冬はずっと、眠っているんです」

「ずっと……?」

不由美さんの表情は両足の間に隠れていたが、声は冷たく、今すぐにでも駆け寄りたいと前のめりになっているぼくを、絶えず牽制《けんせい》し続けているようだった。

だけどそんなことされなくたって、どうせ動けなかった。ベッドとぼくの間に走る目には見えない断裂が、無言のままぼくを拒んでいたから。

「ええ、ずっと。早いときは十月末から、だいたい二月の二十日くらいまで。お姉ちゃんは眠っちゃうんです」

「そんな……それじゃまるで……」

不由美さんはからかっているような態度ではなかった。そして彼女が、ぼくを騙《だま》す理由なんて一つもなかったのだ。

「まるで冬眠だ」

目の前には、長い道が横たわっている。
遠目で見ているぶんにはどうってことないけれど、目を凝らすと
それは龍のような厳かさでわたしを睨み返してくる。
その道の長さを思い出すとき、わたしの体はいつでも
地面に縫い止められたように動かなくなる。これまでの人生で
何度も目にしているはずなのに、それは受け入れるべき世界の
一部であるはずなのに、恐れと失望は色褪《いろあ》せることを知らない。
わたしは目覚めを待っている。
目覚めのときを迎えるために、わたしは長い沈黙の原野を歩む。

二章　夜のコンビニ

一

「岩戸さん、こんばんは」

ぼくが初めて入った女の子の部屋は、なんの変哲もない一人部屋で。医療用のベッドと点滴台のおかげで、ほんのわずかに狭く見えるだけ。

ポンプの機械音がなくなった部屋はとても静かで、午後三時二十三分を示す作業机の上の置き時計が、やけにうるさく聴こえる。

壁に背中をつけてしゃがみ込み、白い鉄柱で支えられる分厚いマットを見上げていた。

「部屋、お邪魔してます」

人差し指ほどのカプセルの中へ、ぽつん、ぽつん、としずくが落ち、小さな水溜《みずたま》りに波紋を作っている。そこで速度を整えられた液体がチューブを伝い、気泡混じりに岩戸さんの体内に入っていく。

「せっかく来たのに、全然、話さないんですね」

反応はなかった。

「あんまり起きるの遅いと、ストレンジャー・シングスの最終話観ちゃいますよ。僕、ずっと我慢してるんですから」

呼吸音さえ聴こえない。

立ち上がって、ベッドのそばに寄る。青ざめた唇と度を越した白い顔が見えて、ぼくは一歩退いた。ぶわっと手汗が湧き出した。眠っているだけ、という言葉が逆説のように思えて、本当は死んでいるのではないか、という考えがよぎる。両肩をさすったり、顔の前で手をかざしたり、耳元で柏手《かしわで》を打ってみたりしたけれど、岩戸さんの体は、頑《かたく》なだった。

「寝たふりとか面白くないんで。やめてもらっていいですか？」

ぼくは一度ドアの方に目を向けて、それから岩戸さんの肩を両手で摑んで、思い切り揺すった。岩戸さんと耳元で言いながら、ほっぺもつねった。

「本当に、起きないんだ……」

ぼくは愕然としてそう呟《つぶや》いた。

荒唐無稽の事態を、徐々に、現実感が蝕《むしば》んでいく感覚。

乱れた掛け布団を元に戻すと、かすかに布団が浮き沈みしているのがわかった。けれどそのペースはとても遅く、吸うも吐くもぼくの五倍以上ゆっくりだ。

胸に手を置くと、一拍の鼓動が伝わった。それだけでぼくは飛び上がって歌いそうになる。けれど——待てども待てども次がこない。高揚が波のように引いていく。そしてどこにも行かないでくれと抱きしめそうになる頃に、次の一音が響く。

ぼくは精気を欠いた頬に手を触れる。そしてゆっくりと姿勢を下げ、間近で見つめ合った。そよ風のような寝息が、鼻先にかかった。

「一つだけ教えてください。僕のことを捨てたのか、それとも……」

そのとき、慌ただしい足音とともにドアが開け放たれ、ヘッドホンを首にはめ単語帳を片手に持った不由美さんが顔を出した。

「まずいです、うず——きゃっ！」

甲高い声が部屋中に響き渡り、ぼくはとっさに頭を上げる。

不由美さんは両手で顔を覆いながら、指の隙間からしっかりとこちらを睨んでいた。

「これは、誤解だ！」

「どう誤解のしようがあるんですか」

「僕はただ話していただけで」

「ただ話すだけでそんな姿勢になりますか」

たしかに言われてみれば、弁解の余地なんてなかった。

「寝ている間に、セクハラ一回。報告させてもらいますからね」

その照れくさそうな言い方が、事態を余計に恥ずかしくさせる。

「それより早く隠れて！」

切迫した形相の不由美さんは、部屋に押し入ってきて殺した声で叫んだ。

「隠れるって、どうして」

「母が帰ってきたんです、予定より早く！」

「でも、さっき姉との約束だって」

「うずめさんを家に上げることは、私と姉の個人的な約束で、親には全く話してないんです」

ぼくはぽかんとして、不由美さんの言葉を反芻した。次第に、足の先から焦燥が駆け上がってくることに気づく。

緊急事態。隠れるなんて、現実的ではないことぐらい、正気の人間にはわかる。

つまりぼくらは正気ではなかった。

「隠れよう……！」

意を決しぼくは隠れる場所を探した。とっさに思いついたのは、ベッドの下。かがんで確かめてみると、医療用ベッドの下は狭くて、腕を入れるだけでも精一杯だった。あとは、立てかけられた画材の裏に張り付くぐらいか。

「あ、玄関に靴……」

ぼくがぽつりとこぼすと、不由美さんの表情が青ざめた。その間にも、がた、がた、と階段を踏む音が大きくなる。

不由美さんはクロゼットを開き、有無を言わせぬ力でぼくの腕を掴んだ。

「いいから隠れてください」

壁と一体になったクロゼット内には半透明なプラスチックの衣装棚に、キャミソールや下着らしきものが見え——その隣には、子供がギリギリ入れるかという細長い空間。

そこへ不由美さんは、ぼくの背中を無茶苦茶に押した。

だがぼくとて、そんなところに入るわけにはいかない。

押し合いが続く中、ほんのりと岩戸さんの匂いがして、そしてぼくは、ここへ来た意味を思い出した。

嫌だ。そう声に出して、クロゼットの枠に手をついた。

「僕は岩戸さんに会いに来たんだ」

「そんなこと言ってる場合ですか！」

「別に咎《とが》められることじゃない！」

その直後だった。ドアが開かれ、そこに買い物袋を持った細身の女性が立っていた。

背中にかかる力が、徐々に抜けていく。不由美さんは口を大きく開き、笑っているのか泣いているのか、その中間のような表情になる。

誰一人、ピクリとも体を動かせない三《み》つ巴《どもえ》状態。

やがてぼくは黙って、女性に会釈をした。すると女性も会釈を返し、蝶《ちょう》が羽ばたくような声で訊ねた。

「どなた」

「ええと、埋夏樹と申します」

「そう。下のスニーカーも、あなたの？」

「はい……」

「そう……」

女性は二、三度、ゆっくりとうなずくと、ベッドの方を一瞥し、

「ここじゃあ、場所が悪いわ。下にいきましょう」

そう言ってにっこりとした。

ぼくも不由美さんもうなずいて、女性の後ろをついていった。

不由美さんと岩戸さんの母親で、灯子さんというらしい。

階段でリビングへ下りると、灯子さんはぼくと不由美さんにソファを勧めた。怒っている様子はなかったが、ぼくも不由美さんも反対することはできず、三人がけぐらいのソファの端と端に、張り付くように座った。

不由美さんはぼくに、汚らわしいものを見るような目を向ける。

「ママ、聞いて。これは誤解なの」

買い物袋から冷蔵庫に食料を仕舞い込む灯子さんに、不由美さんが言った。

「そうなの？」

灯子さんは振り向かず作業を続ける。

「私が家に入れたわけじゃないのよ」

ぼくはぎょっとして不由美さんを見た。ソファの肘掛けにもたれかかる不由美さんは、ばつが悪そうに顔を逸らした。

「ダメだって言ったのに、この人が勝手に」

「不由美、くだらない嘘つかないの」

ぼくが訂正するまでもなかった。灯子さんの張り詰めた声が、リビングに響き渡る。

「あなたが開けなければ、どうやって家に入ったっていうの」

「でも、それは……」

「次嘘言ったらパパに、お小遣いを減らしてもらいますよ」

不由美さんは、しゅんと顔を伏せた。

「なつきさん、だったかしら」

「はい」

言われて、ぼくは背筋を正した。

「優紀とはどういったご関係で」

「友達です」

それがとっさに出た答えか——。ぼくは自分に幻滅した。

「普通の友達」

訂正しようと思ったけれど、だめだった。ぼくの口は、勝手に動いていた。

「大学の。ＧＴＲという映像サークルで、一緒の……」

作業を終えた灯子さんはこちらに来てかがみ込むと、ぼくの顔をじっと見つめる。

赤々とした口紅の熱っぽさとは逆に、目元は凍りついたような穏やかさがある。

ぼくは、ごくりと唾を飲む。

「優紀がお世話になっております」

灯子さんの表情が、ぽっと明かりを灯したように朗らかになる。ぼくは肩に込もっていた力が勝手に抜けていくのを感じた。

「もう本当に、遠路《えんろ》遥々《はるばる》ご苦労様。優紀のこと心配して来てくださったんでしょう？」

「ええ、まあ……」

「遠かったでしょう。移動費は往復で二万円ぐらいかしら。あとで出しますからね」

「僕が勝手に来てしまっただけなので、そんな……」

「遠慮しないで。それと、今日はうちに泊まっていってくださいね」

「ママ!?」

いてもたってもいられなくなって、という具合に、不由美さんが声を上げた。

「本気で言ってるの?」

「ええ。何かおかしいことでも言った?」

「言ってないけど。でも、その人は初対面なのよ」

「でも、お姉ちゃんのお友達でしょう?」

「違うよ。その人は多分、姉さんの……」

「お友達でしょう?」

灯子さんが抑え込むように言った。不由美さんは俯いて、言葉を失った。

「せっかく来てくださったのに」

灯子さんは再びぼくに顔を向ける。

「ごめんなさいね。優紀があんな具合で」

「冬眠……」

ぼくがそうこぼすと、灯子さんは眉をぴくりと動かし、

「あら。そんな言い方もできるのかしらね」

そう言って、定まることのない視線を部屋の至る所に動かした。

「あの子は五歳のときにああなって以来、ずっとああいう体質なのよ。冬になると、ほら、他の人よりも少し、多く眠ってしまう。それだけなのよ。でも、あなたは何も知らなかったのよね？」

「はい……すごく驚きました」

驚いたなんてものじゃない。あれは……だって、死んでいるみたいだった。あんなに冷たい人の肌に触れたのは、祖父が死んだとき以来だった。そう。

あれは生きている人間の温度じゃなかった。

「あの！　ほんとに、生きてるんですよね……？」

灯子さんは体の動きを止めると、しばし虚空を見つめたままうなずき、それから喉に手を当てて言った。

「……あの子は今はああだけど、あの子のためにこんな長い距離を来てくれる人がいてくれて、私は素直に嬉しいわ。是非お茶でも飲んでいって。ママ友にもらった静岡茶があったと思うわ。ちょっと待っててくださいね」

灯子さんが再びキッチンへと戻っていく。

その隙をついて、不由美さんが一気に距離を詰めてきた。タイツを穿《は》いたかかとが、ぼくの爪先の上へと落下する。

「お姉ちゃんと普通の友達？」

不由美さんの瞳には、めらめらとした闘気が宿っていた。

「よくそんなことが言えますよね」

「じゃあ、何て言えばよかったんですか」

「あのお姉ちゃんに、〝普通の友達〟なんてできるはずがないんですよ」

ぼくはその言葉に、愕然とした。いくら姉妹仲が悪いとしても、どうして姉のことをそんなふうに言えるのか。

「十中八九、セクハラ目的のくせに」

「そんなんじゃない。大人の関係に、子供が口出さないで欲しいね」

「私、あなたと二歳しか違わないんですけど！」

ぼくと不由美さんは、いつのまにか怒鳴り合っていた。互いの行動の批判が性格の批判へと発展し、人格の罵倒に変わった。

ある会話の節目で不由美さんは深いため息をついて、ささやくように言った。

「もう……お姉ちゃんに言われたから、しぶしぶ会いましたけど。本当はあなたになんて、会いたくなかった。最終的に姉を苦しめるだけの、あなたになんて」

最終的に？　苦しめる？

不由美さんの言っている意味が、このときのぼくにはまるでわからなかった。

「早く帰ってくださいホント」

不由美さんが絞り出すように言う。

しばらくして灯子さんがお盆に急須と三人分の湯呑み、それと茶菓子を載せてやってきて、ローテーブルの上にそれぞれ置いた。あんこの塊が波打つように形成された和菓子は、ぼくが初めて目にするお菓子だった。

「これはね、赤福《あかふく》といって、こっちの方ではメジャーなお菓子ですよ。普通の大福と逆で、あんこの中にお餅《もち》が入っているの」

ぼくが興味をそそられているのを見抜いたのか、灯子さんが説明する。

「どうぞ、召し上がれ」

灯子さんは自分もサイドチェアに座り、急須を傾けた。湯気を立てて注がれる黄緑色の澄んだ液体からは、爽やかな日本茶の香りが漂ってくる。

「それで、学校ではどうかしら？」

灯子さんがそれとなくぼくを見て訊いた。

「あまり教えてくれないのよ、あの子。上手くやれているかしら。あなたの目から見て、どう？」

ぼくは校内での記憶を掘り起こそうとした。でも、思い浮かぶのは午前三時に家で会っているときの岩戸さんだけ。人に知られたくないところはたくさん知っているのに、ぼくは彼女が人に見せている姿を怖いくらい知らない。

「学部が違うので、いつものことはわかりません。でもすごく真面目な先輩で、尊敬してます。僕が文学について学ぶ学部なので、絵を描く姿にはいつもを刺激を受けていて」

ぼくは口を動かしながら、違和感を感じていた。岩戸さんのことを知っていると言うたび、知らないという事実が剝き出しになっていく。

だめだ。ぼくは漠然とそう思った。

「すみません実は、何も知らないんです」

灯子さんは驚きもせず、ただじっとぼくの言葉を待っていてくれた。

「彼女とは大学の外で会って、時々遊んでいた、だけですから……。お互いのことを、全然知らないまま、僕らは……」

どんな色使いをするのか。何を題材にしているのか。どんな画風が好きなのか。

何ひとつ知らない。ぼくが岩戸さんからどんな関係だと思われていたかさえ。

ぼくが見ていたのは、ぼくが見たかった彼女だ。

「ひと夏の関係だと、言われました。何かの冗談だと思っていました。でも九月末頃から本当に見向きもされなくなって。それでどうしたんだろう、何かあったのかって不安になって。講師室で住所を調べて、ここへ——」

言い終えると、体が五キロくらい軽くなった気がした。

と同時に、幻滅されることを覚悟した。

「あの子、そういうところがあるの。振り回してごめんなさいね」

灯子さんは天井を見上げると、子供のいたずらを謝る親の顔になって頭を下げた。

「でもあの子がしたことには、きっと意味があるはずよ。残念ながら今すぐには、わからないけれど」

そして片手で天井を指差し、笑顔をたたえて言った。

「来年の二月にもう一度ここへ来て、直接聞いてみたらどう？」

「ママ！」

不由美さんが声を上げるのも無理はない。でもそんな彼女を、灯子さんが厳しく睨んだ。のみならず、早く勉強してきなさい、と釘《くぎ》を刺しさえする。

再び言葉をなくす不由美さんのことが少し不憫《ふびん》に思える。

「いいんですか？」

お茶を一口いただいてから訊ねると、灯子さんはニッコリとしてうなずいた。

「ほんとに起きると思いますか」

なかば灯子さんの命令で、不由美さんはぼくをいやいや駅まで送ってくれていた。そんな彼女が長い沈黙を破って訊いたのだった。

「別に。ただのアンケートです。初めて姉を見たあなたが、どう思ったか。アンケートの結果如何《いかん》で、岩戸家の接客サービスを改善しようと思いますので」

不由美さんの口調が、通常以上に皮肉っぽい。

そんなこと、わかるはずもない。だってぼくは、岩戸さんがなぜ冬眠するかさえ聞かされていないのだから。でも、それは不由美さんもわかっているはずだ。

「起きると信じてる」

「ふうん。楽観的なんですね」

不由美さんの言葉には、他人行儀な嘲笑が含まれている。

言い返す余地もないほどに、その通りだった。ぼくは今日、ただの客だった。岩戸さんの素性を初めて知って、呑み込みきれず今もなお混乱しているだけの。

でも目の前のこの女の子は違う。少なくとも物心ついてから十年近く、冬眠する姉に、家族として向き合ってきた人なんだ。

「私だってそう信じていたいですよ。もう、八年前みたいなことは起こらないって」

「八年前……？」

「母は言いませんでしたけど」

と、不由美さんは言葉を区切って、こう続けた。

「あの年はすごく寒くて、最大寒波とか言われてました。九月末にはすでにスイッチが入り、十月の中旬頃には眠ってしまいました。すると二月に起きず、三月にも起きず、桜が咲いても起きず――」

衣替えをし、サンタに願うプレゼントを考えはじめ、お風呂と食事がいっそうの幸福感を増すような季節の入り口で。

かつてこの少女は、一体どんな不安の渦中にいたのだろうか。

「結局、目覚めたのは一年と五ヶ月後でした」

「えっ」

我ながら情けない声が、白い息とともに口から漏れる。

咄嗟《とっさ》に踵を返し、歩いてきた道を振り返る。もはや住宅街の景観の一部に埋もれてしまった、岩戸家の二階の角部屋。

今すぐに駆け出したいと願うこの心を、門番の少女が鞭打った。

「あなたは王子様じゃない。キスをしたって起きないんですよ」

少女の視線はただ、目前に見えるバスターミナルと一体化した本陣駅へと向いている。

「ではまた来年〝儀式〟でお会いしましょう。来年があれば、ですが」

二

教室の電気が点き、ぼくは暗さに慣れた目を細めた。退室していく近代映画史の竹田《たけだ》教授の背中が、かろうじて見える。

助手がスクリーンを上げ、出席カードの回収を始めた。ぼくは慌ててよだれを拭い出席カードを探したが、見つからない。どこだどこだ、とやっていると、背後に突き刺さる声があった。

「ここ、ここ！」

ぼんやりした眼《め》は遠視気味になっていて、近くにいるのが誰だか全然わからない。

「待って、面白すぎる。写真撮っとこ」

「え、なに」

「だからここだって」

目をこすってまともな視力を取り戻すと、スマホを構える友海と、哀れむようにこちらを見る篤の姿があった。友海はスマホを持たない手でしきりに頰を指さしている。

「ほっぺ」

指先が頬に触れると、出席カードがパリパリになって皮膚と一体化していた。

ぼくは机の上に散らかったプリントを束ね、Bluetoothキーボードを畳んだ。スタンドで横置きにされたスマホには、執筆の補助にしているメモ帳が表示されている。

「というか、いつからそこに？」

「ちょっと遅れて入ってきたんだよ。さてはお前、最初から寝てたな？」

篤が呆《あき》れたように言う。友海は面倒臭そうにしながらも鞄《かばん》を漁《あさ》って、予備の出席カードを渡してくれる。こういう世話焼きなところには頭が上がらない。

「最近あんまり見ないけど、学校ちゃんときてる？」

カードを無事渡し終え部屋を出るとき、友海が訊ねた。

「まあ、ぼちぼち」

「岩戸さんとはどうなったの？」

ぼくは友海の追及の視線から逃れるように、首根っこを掻《か》きながら頭を傾けた。

「なんでそんなこと聞くの」

「それは……心配だからに決まってる。なつきのことが」

「最近、いっぱい書いてるみたいだな。楽しみにしてるぜ」

篤が友海の言葉を遮るように、小声で言った。

「う、うん……」

篤は生返事でも全然笑顔で返す。

幼稚園の頃から、図画工作が好きだった。その場に用意されている道具を使って作品を作り、褒めてもらえる瞬間が好きだった。創作はその流れの上にある。中学に入って初めて小説を書き始め、それを友達の何人かに読んでもらった。今でも覚えている。感想を捻り出そうとする友達を前にしたあの緊張感。平凡な日常が、いとも容易《たやす》く冒険に変わる。

けれど高校受験を契機に、読んでくれる人は減っていった。教師に相談することも、親に相談することもなく、ぼくはこの大学の文学部に入った。隣に芸術学部を持ち、転部できるという保険のために選んだということは、親には話さず。

あのとき、進路希望欄に堂々と作家と書けなかったぼくの未来は、そこで止まっているのだ。

やっぱり二人には話さなければよかった。これは胸の中に留めておくべき問題だ。

そんなことを考えながら、会話には適当に相槌を打って食堂までの道を歩いていると、コロッセオのような半円のステージが見えてくる。行事やダンスサークルの練習に使われるものだが、奇妙だった。ミリタリーコートを着た大柄な人物が何やら身をかがめて、手元に赤々とした炎を抱いているのである。

ぼくは不審に思って、歩く速度を緩める。どうしたんだ、と顔を向けてくる篤の視線を、人差し指で誘導した。

女性は金属の台から出る炎の上に、スキレットのようなものを置いた。

「キャンプだ」

ぼくが言うと、友海も注意を向けた。

「ほんとだ」

呆然と言う友海を横切って、篤はステージに誘われるように向かっていく。ぼくと友海も篤についていく。すると、ぼくは思わず声を上げた。

「霜木、さん」

ミリタリーコートを着ていて肩幅も広かったし、後ろ姿しか見えなかったので、てっきり男かとばかりに思っていたが、ぼくはまた同じ間違いをしたらしい。

「知り合い？」

友海がいぶかしげにぼくを見る。

「ああ、まあ……」

「言い淀むってことは、岩戸さんつながりなのね」

ぼくが黙っていると、友海が「なんだ正解かあ」と勝手に正解にしてしまった。

そのとき、霜木さんがこちらを見ると、ゆらりと手招きをした。ぼくは彼女の座る石段の一段下まで歩いた。

「やあ」

先に、霜木さんが言った。

「どうも」

ぼくも遅れながら、軽く頭を下げる。

キャンプ用の簡易コンロの上に、番《つが》わせた二枚の鉄プレートを載せている。霜木さんは鉄板を開いて中を確認すると、鉄板を裏返した。

「霜木さんはこんなところで何を」

「見ての通り、ホットサンド作りだよ」

「ホットサンド……」

「そこで食パンとチーズとハムを買ってきて」霜木さんは学食に併設されたコンビニエンスストアを示す。「焼いているのさ」

霜木さんはガスコンロのコックを調整して、赤色の炎を弱々しい青色に変えた。

「でも、どうしてここで？　文学部の授業、聴講されているんですか？」

「聴講もなにも、私は文学部生だよ。文学部ドイツ文学科の三年になるね」

「えっ……芸術学部じゃないんですか」

嘘だろ。

「私は一度もそんなことは言ってないけどね」

霜木さんは薄ら笑いを浮かべると、ぼくの背後に焦点を絞って、頭を低く下げて挨拶をした。友海と篤も、慌てて礼儀を返す。

プレートを炎から外すと、ガスのコックを閉じ、プレートを開いた。押しつぶされて小麦色に焦げたランチパックのようなものが、もうもうと湯気を出している。

「食うかい？」

霜木さんはホットサンドを手で割ると、中からチーズが溶け出してきて、まだ糸を引いているうちから半分をぼくによこした。

「け、結構です」

「そうかね」

霜木さんはこともなげに片方をプレートの上に置くと、持っている方を頬張り出した。

「ときどき無性にしたくならないかね、キャンプ」

「え、まあ」

「誰もいないひとりきりの夜にこっそりとね」

「寂しくないですか、それ」

「ならば、大勢でやるのが好きかね」

「だからそもそも、あまりキャンプというようなものは」

「こいつ、とてつもないインドア派なんですよ。十二月も一月も、なんも予定ないって。

せっかくバイトしてるんだから、旅行の一つも行けって話ですよね！」

突然篤が割って入ったことに、友海はびっくりしているみたいだった。が、霜木さんはホットサンドをがつがつとかじりながら、泰然として篤の話に耳を傾けている。

「そうだろうね、みるからにそうだ」

霜木さんが全面的に肯定したので、逆に篤の方が気圧されていた。

「仮に彼がアウトドア派だったとしても、彼はこの冬は――」

言いかけて、霜木さんは口を閉じた。

それから不気味な笑いを浮かべて、視線を宙に彷徨《さまよ》わせたまま首を傾ける。

「会ったんだね」

それは誰に対する問いでもあり得た。でも紛れもなくぼくひとりに向けた問いだった。

「所作を見ていればわかるさ。君は彼女と会った。そして、打ちひしがれて帰ってきた。今はひとしれず傷心中というところだろう」

「あの……」

そこへ、友海が割って入った。友海は敵意に満たない警戒心のようなものを纏《まと》い、ぼくや篤よりも一歩分下がった位置から訊ねた。

「失礼ですが、なつきと、どのようなご関係で」

「失礼と思うなら訊かぬが吉」

霜木さんは意地悪そうに言う。しかし友海が引かないのを見て、しばらく間を空け答えた。

「私の友人が彼とひと悶着あって。私は彼を応援する立場とでも言うべきかな」

応援されていたのか……初めて知った。

篤は霜木さんの方をじろじろと見ながら、何かを言い出しかけては言葉を呑み込んでを繰り返していた。他方で、友海は依然として警戒を保っている。

そんな二人を流し見ながら、霜木さんは言った。

「なあ、後輩諸君。少し彼をお借りしてもいいかな」


非常扉を開けると、吹き込む冷たい風に身震いをした。目の前で霜木さんのコートの裾が、ものすごい勢いではためく。

先客があった。小柄な女性とヒョロ長い男性が、一つのカフェラテを分け合っている。

移動中ろくに会話を交わせなかったのは、霜木さんの歩く速度が異様に速かったからだ。ぼくは悟られないように息を整えると、ベンチに腰を下ろした。

「やはりここは落ち着く」

霜木さんはそう言って、移動途中に買ったホットの抹茶オレに口をつけた。ぼくも霜木さんに奢ってもらったコーヒーを開ける。

「少々、歩くのが速かったかい」

見透かされていることに、ぼくは内心びくついていた。

「ちょっと、ですけど」

「悪かった。優紀は普段、あの速さに付いてきてくれるから」

霜木さんの口からその名前を聞くと、どうしてか少し安心できた。そんなぼくを一瞥したあと、霜木さんは膝に肘を乗せ、祈るように結んだ両手で額を支える。

「私は高校時代からずっと、逃げるように歩いてきたんだ。女にしては大きすぎるこの体型を、周りに馬鹿にされることが怖くてね」

百七十を超える霜木さんの身長は、確かに平均と比べたらかなり高い方だ。

「大学に入れば変われると信じていた。でもね、違った。考えてみれば当たり前の話さ。高校生が脱皮も羽化もせず、そのまま大学生になるのだから。環境が変われば何かが変わると思っていた自分が恥ずかしいよ」

霜木さんは自嘲っぽく笑った。冷えるね、という言葉が遅れてぼくらの前を通過し、遅れてカップルが肩を擦り付け合いながら建物内へと戻っていく。霜木さんの目が一瞬、建物へ消えていく女の背中を追う。

「新歓は参加したかい？」

「はい、一応」

「私もだ。そして私も、あそこで優紀に出会ったんだ」

その言い方が、どこか引っかかった。

霜木さんの視線が、フェンス越しの空に結ばれる。

「当時の私は、飲み会があんなものとは知らなかった。そして酒の恐ろしさも、夜の深さも。他方で彼女は実に熟《こな》れたものだったよ。大学一年生にして何もかもが洗練されていた」

まるで岩戸さんと出会ったときのことを追体験しているようだった。

霜木さんにも似たような経験があったなんて。急に親近感が湧いてくる。

「私は求められるがままに飲んださ。すると視界は揺らぎ、声はエコーがかかって聞こえた。水に沈むようだった。それでも飲み会が終わるまで耐えたんだ。店を出るとき、私は優紀に肩を借りていたのを覚えている。目覚めたときには、私はパチンコ店の駐輪場に伏していた。そして目覚めた私にそっと、優紀がボトル入りの水を差し出したのだ」

話を聞いていて、ふと夜を歩く岩戸さんの背中が思い出される。

「聞くとあいつは、私が眠っている間ずっとそばにいてくれたそうだ。ほとんど初対面のような相手のそばに、何時間もずっとだ」

「待ってください」

ぼくは話の違和感が、実に単純なことであることに気づき、慌てて制止した。

「霜木さんって今、三年ですよね」

「そうだが」

「どうして岩戸さんと新歓で一緒なんですか」

するとで霜木さんは何度かうなずいて、まだ聞かされていないんだね、と言って抹茶オレを啜る。

「私とあいつは同期だよ。ただ私は二十一だが、あいつは早生まれの二十二だ」

実感がなかった言葉が、自分の十八歳という年齢と比べることで初めて意味を持ち始める。ぼくが中学生だった頃にはすでに、岩戸さんは大学に進める年齢だった。

言葉に詰まり、重くなった頭は自《おの》ずと下を向いた。岩戸さんの本当の年齢なんてどうでもよかった。でもぼくは、彼女の口からそれを聞くことができなかった。

「その様子だと君は、」

霜木さんがぼくを覗き込むように見る。何を訊いているのか、すぐにわかった。

「やはり、会ったんだね」

ぼくは無言のままうなずいた。

「そうかい」

霜木さんは驚いた様子もなく、低く言った。ぼくはとっくにホットではなくなったコーヒーを飲み切り、かかとの裏に置いた。

「おめでとう、君もストーカーの仲間入りだ」

何も嬉しくない。

「妹さんにも言われました……」

「だって事実じゃないか。家まで行くなんて正気の沙汰ではない」

霜木さんの言うことはもっともだった。ぼくは一線を越えた。

すると霜木さんは背中に手を回して、男友達とそうするようにぼくの肩をぐっと引き寄せる。

「まあ、落ち込むな。深淵《しんえん》に魅入られたのは、なにも君だけじゃない」

「え……？」

「あいつは人を狂わせるような何かを、持っているんだ」

霜木さんは同情のこもった声で、ぼくの耳元にささやく。肩を抱く力が強まって、少し痛いぐらいだった。

人を狂わせる何か。それならぼくは、とっくに——。

「そして残念だったな。これで君も片足を突っ込んだ。来るぞ。最初の冬だ」

霜木さんは雲で覆われた空を指さした。

再び強い風が吹いて、足下に置いていた缶がカタンと倒れて、バウンドと乱回転しながら、屋上を滑っていく。ぼくは走って追いかけ、速度が弱まった瞬間を見計らって、グシャ、と潰した。

「人が人とすれ違うためには、ほんの些細《ささい》な違いがあれば十分だ。まして我々は足下すらおぼつかない学生。君はいつまで耐えられるかな」

振り返ると、霜木さんも立ち上がっていた。ミリタリーコートが猫又の二つの尻尾のように、あやしく揺らめいていた。

「別に辛くないです！」

ぼくは凄《すご》んで返した。べつに、寒くなんてない。

「どうだろう」

霜木さんは低く笑った。

「寂しいか」

「いいえ」

即答した。永遠の別れじゃない。三月がくればまた会える。それぐらいの時間、待てないはずがない。

「だが、これから本当の冬が来る」

ぼくはきっと大丈夫だ。

風は依然として強く、指先の感覚がなくなりつつあった。

「その頃には君は、別の人を好きになっているよ」

どこかの教室から、透き通るようなソプラノが聞こえてくる。

今朝のニュースで予報士が、今年は例年より寒くなると言っていたのを思い出した。

三

調布《ちょうふ》駅《えき》で降りると、駅舎の一歩外には入り組んだ住宅街が広がっていた。ぼくは日本酒の瓶が入ったポリ袋を提げて、片手でスマホを見る。GPSの調子が悪いのか、地図が風見鶏《かざみどり》のように二転三転する。

やっとコンパスが進むべき方向を指したとき、視界の隅に疾走する女性の姿を捉えた。

「……友海？」

大富豪で負けてパシリでもさせられているのだろうか。

地図アプリが到着を知らせると、柵に囲まれた大きな建物があった。外門を手で押し開け、その先の内門で部屋番を打ち込む。

エレベーターから降りてきた篤はどこか急いだ様子でぼくの前を通り過ぎたあと、一旦外に出て周囲をうかがった。

「なんか友海が走ってったけど」

「あー。まじ？」

篤はぼくの顔を一瞥すると、腕を組んでエレベーターの角に背中を預けた。

「結局何人来たの？」

「六人、いや、お前を入れて七人かな」

「ってことは八人？」

「だから七人。俺も入ってるって」

何人来たのかと訊いたのに……。そんな思考はエレベーターが開く音に遮られる。

六階で降りて九号室まで歩くと、ドアが開いて同ゼミの敬也《けいや》が顔を出す。細身の塩顔に天ぷらみたいな金髪が載った男。あまり面識がなかったが、軽音でギターをやっているらしい、というのを友海から聞いたっけ。

「よう」

敬也はぼくを見るなり、軽い感じの挨拶を飛ばした。

「……ひさしぶり」

敬也は一瞬ぼくを変な目で見たあと、散乱した土間にかろうじて置いた足をふらつかせながら部屋の方に戻った。

「敬也ってさ」

ぼくは散らかった靴を並べ直しながら言った。

「モテそうだよね」

「あいつが？」

篤がぼくが作業している間、ドアを持っていてくれた。

「あいつも結構馬鹿だからなあ。付き合ってみてダメ、ってなりそうだよな」

「ちょっとわかるかも」

「まああいつ、今彼女いるけど」

篤がからかうように言ったので、ぼくもふざけて中指を立てた。

トイレの前の壁際に積まれている大量の段ボール箱に少し見入っていると、「来いよ、もう食い始めるってよ」ドアの手前に立つ篤が催促するように言う。

「狭くて悪いな、通路」

「いや、大丈夫」

ぼくが歩き出すまで、篤はドアの先には決して進まなかった。

篤の部屋はワンルームだが、リビングと寝室をセパレートできた。寝室の方に作業机を置いているので、コタツのあるリビングは広々としている。

ぼくが入ると視線がどっと集まり、挨拶が飛び交った。ぼくの顔に向いていた視線は、ほどなくして手に持つポリ袋の中身へと移る。

「日本酒かよ！　またかぶった〜」

この世の終わりのように、フローリングに頭をつけて叫ぶ敬也。沙織《さおり》と藍奈《あいな》は敬也の反応に同調して、煮える鍋の向こうからぼくに残念そうな視線を送ってくる。

「まあ、いいじゃんか。これもあとで飲もうな」

藍奈の隣に座っていた潤《じゅん》が立ち上がってタンスの方へ行き、ぼくに座布団を一枚、フリスビーのように投げた。

「ほら。俺の横空いてるから来いよ」

潤はさっぱりと言って、鍋の前に戻って行った。

リビングに置かれた四人用のコタツテーブルの上で、カセットコンロが青白い火を灯している。土鍋の蓋を開けると蒸気がむわっと立ち、蓋からコタツ布団へ水滴が落ちる。

海鮮チゲだった。味噌汁椀《わん》や茶碗《ちゃわん》、果てはマグカップと、統一感のない器たち。真っ先に受け取った敬也は、まだ口をつけていないからと自分の箸を鍋に突っ込んで、真っ赤なタコと白菜と春雨《はるさめ》を味噌汁椀に水揚げする。

「あっつ！」

鍋の中で何かが爆《は》ぜてスープが飛び、敬也はコタツの中から飛び出して、頬を摩《さす》った。

沙織は心配そうに駆け寄り、その拍子に空の一升瓶が倒れてゴロゴロ転がる。

「なんだよこれ。辛いし、味濃すぎ」

敬也が続けざまに叫んだ。篤が笑って冷蔵庫から出したての二リットルボトル入りのミネラルウォーターを手渡した。

ぼくはなんとなく、ここに座る現実感がなくて、だから隣の男が茶碗を渡そうとしてくれていることに気づかなかった。

「ぼーっとしてるな」

潤の声で、振り向く。慌てて茶碗を受け取り、ぼくも具材を取り始める。

「大学生の一人暮らしなんてどこも同じだな、と思って」

「そういえばお前の家、行ったことない」

潤や他の友達が、家に遊びに来ることを想像した。客人用の敷布団《しきぶとん》には六人は眠れない。シングルベッドに二人か、三人……。でもそのベッドにぼくらはいた。岩戸さんは確かにあの場所で一緒に眠っていた。朝の始まりも夜の終わりも、ぼくの手を握ってくれていた。確かにあったのだ。あの夏が終わるまでは。

「どうした。体調悪いのか」

潤の声は柔らかく、優しかった。

ぼくは首を横に振った。横を見ると、潤の真摯《しんし》な瞳がそこにあった。

潤はそもそも寡黙だ。ただ、イデア論や思考実験論など、同じ授業を多く取っていた。

感性が近いのかもしれない。

「実はさ、ちょっと前まで、いい感じの女性がいたんだけど」

「いい感じ……。ああ、察した。それで？」

「その人がいなくなっちゃって」

潤が浮かべているのは純粋な興味と心配だった。捨てられたのかよ、とか、どんまい、とか、上部だけすくいとったような反応じゃなくて、ありがたかった。

「どうしていなくなったのか、夏樹は知ってるのか？」

知っているとも。知らないはずがない。

あれは、仕方がないことだった。体質のせいだ。ぼくは別に裏切られたわけじゃない。思えば岩戸さんがいなくなったことをちゃんと言葉にして誰かに話すのは、これが初めてかもしれない。潤のまっすぐな視線が、ぼくを勇気づける。

「それは、彼女が冬になると必ず――」

そこではたと言葉が止まり、潤が不思議そうに眉をひそめる。

冬になると必ず、なんだ。冬眠する？　四ヶ月眠り続ける――？

馬鹿かよぼくは。

「いや、えっと、彼女は」

言えない。言えるはずがないのだ。冬眠しているなんて。深い眠りについたまま、冬の間全く目を覚まさず、植物状態になり、直径一センチの管で栄養をとっているなんて。

潤がぼくを覗き込む。答えを強要しないその面持ちが、余計に心苦しかった。

言葉を呑む。潤どころか篤にも、親にも、カウンセラーにも。話せる人間なんて、当事者とその家族を除いて、この世のどこにもいない。

「冬は、実家に帰らなきゃいけなくて。今はこっちにいないんだ」

「家の仕事とかで呼ばれている、とか？」

潤は言いながら、コンロの火加減をほんのわずかに弱めた。空気の玉が浮かんでいた鍋の水面が、すっと落ち着く。

軽くうなずいて、まだ箸をつけていないチゲの赤々としたスープに視線を落とす。

ぼくは何を言っているんだろう。岩戸さんにとってぼくは、恋人でもなんでもない。それでも、まだわずかにチャンスがあると思ってしまう気持ちが、一番厄介だった。こんな期待さえなければ、苦しむこともないのに。

「俺ちょっと、コンビニ行ってくるわ」

篤が脈絡なく立ち上がって、玄関の方に消えていく。、具材が一旦なくなったところで、次の具材を投入しようと敬也と沙織が台所に向かった頃、ぼくは何かがもの足りないという気持ちに囚《とら》われた。篤は七人、と言った。でもここに集まっているのは——。

「あれ、友海は」

その名前を発すると、皆が一瞬ぼくを見て、そのあと黙った。隣にいる潤さえ、ばつの悪そうな視線をくれる。

「え、どうしたの」

「まあまあ。いいじゃんいいじゃん」

沙織がなだめるように言う。まるでタブーに触れたぼくに対する、四人からの圧力と叱責に近い表情。

「あいつらが、付き合ってるって話。もしかして夏樹、知らないのか？」

潤が小声で言う。

ぼくがきょとんとした顔をしているので、叱責はやがて同情に変わった。

そんなはずはない、と心中で呟く。だって二人の口から、そのどちらからも、一度も聞いたことはなかった。そぶりさえ、なかったのだ。

「いつから……？」

「もうだいぶだよ。春のガイダンスの直後とかかな」

ということは、二人に岩戸さんのことを初めて話したあのとき、すでに二人はカップルだったということか。

「そっか、僕知らなくて。みんなはその、知ってた感じみたいだね」

ぼくが訊くと、四人はそれぞれ顔を見合わせながら、うなずき合った。

「ってかさ、普通気づくっしょ」

敬也が軽薄に割り込んだ。

「あの段ボールだってさ、どう考えても友海の荷物じゃん？　同棲《どうせい》とかしてたんでしょ。俺が最初にきたときなんか、中身見えてたからね。女ものの下着とか、キャミとかさ。そんであいつ失敗に気づいたんだな。あとからガムテでとめてんのよ」

「やめなって」

　ゴミの片付けをしていた藍奈が、腰を伸ばして言った。

「だっておっかしーじゃん」

　敬也がうすら笑って腹を叩きながら、なあ沙織、と付け加える。

「うん……」

　沙織は小さく言って、まな板の上に視線を戻す。

　ガチャリ、と音がした。靴を脱ぐ音が続く。扉が開いて、篤が戻って来る。どすどすと足音を立てて、問答無用でベッドの方へ向かっていく。遅れて友海が顔を出した。目元を、うっすらと赤くさせて。瞳は水気を増し、室内灯の光を浴びてきらりと輝いていた。

「ごめん、ちょっと遠くのスーパー行ってた」

　友海はぽつりとそう言って、空いている座布団に座り込む。その赤く腫れた目は一度ぼくを見ると、すぐに後ろめたそうに下を向いた。

　篤はベッドの上で足を大の字に開いて、ワンピースの二巻を読み出した。

　この二人に何があったかなんて、正確なことはわからない。でも一つ言えることは、二人は今一瞬、顔を合わせないことを選んだ。

そして顔を合わせないことを選べたなら、きっと話し合うことだってできるのだ。

ぼくはこのぬくい部屋で、心の芯から寒さを感じていたただ一人だろう。

――これから本当の冬が来る。

霜木さんは正しかった。

窓には、ひどい結露ができていた。

四

池袋《いけぶくろ》北口から直結するブイ字路の付け根を道路一本挟んだ場所にたたずむ古ビル。一階のカラオケ店とケータイショップの間に、年季を感じるお菓子屋があった。

普段はタルトやシュークリームなんかを売っている店だったが、時期が近づくとクリスマス用の特別なデコレーションを施したケーキを販売する。

店の外にひき出されたテーブルに、ピンク色の化粧箱が積まれていた。その隣にエプロンを着て立つぼくは売り子だった。

二十一時を回る現在、人の流れは激しい。

ぼくは、あらかじめ入力された言葉を繰り返すロボットだ。

ロボットになるのは嫌じゃなかったし、むしろありがたい。

ビニール袋に入れて手渡し、現金を受け取るか、端末で電子通貨の決済を行う。その一連の作業は、すでに体に染み付いている。そこにぼくの心はない。ケーキを買うつもりのない人は、こちらに目もくれない。彼らの視界にぼくは存在しないように、ぼくも彼らを視界から消す。

心は幽体離脱したように宙を浮いている。

目を合わせると、若いカップルが近づいてくる。ぼくはビニール袋をちぎり、箱を入れて少し前に動かすと、彼らは慌てて財布を取り出す。

尖った顎をした長身の男性は、筋肉のある腕でビニールを摑むと、厚ぼったい化粧の女性の腰を抱き寄せ、駅の方へと歩いていく。

隣のカラオケ店に団体客が入った。ガラスのドアが開いて、信じられないほどの騒音が漏れ出してくるので、競うように声を張る。

目前のＤＶＤ鑑賞の店は、クリスマス割というものを大々的に広告していた。その隣の天丼屋は、クリスマス丼なるものを提供しているらしい。

なんだそれ。絶対食べたくないし。

髪を固めたスーツ姿のサラリーマンが、ウールのコートを羽織った女性と腕を組んで歩いていく。そわそわして、その目は爛々《らんらん》と輝いていた。

彼らはブイ字路を右へ、路線に沿って進んでいった。二人の二十分後を想像するのも束《つか》の間《ま》、家族連れが通りかかって、ぼくは気の弱そうな女性の目を覗き込み、引きつけて声をかける。

客足が一瞬だけ途絶え、しばし喉を休めた。ここ二時間ほど、ずっと叫びっぱなしだった。でもロボットになったぼくは、痛みも感じない。辛さを感じないのだ。

売れ残ったケーキの一つを貰《もら》って帰った。明日以降安売りしても結局は売れ残るから、それだったらと賄《まかな》いにしてくれたのだ。

ぼくはその化粧箱を、家まで大切に持ち帰った。

隣室の扉にはオーナメントが飾られていた。ぼくはドアを開ける。

「おかえり」

その聞こえるべくもない声を、ぼくはここ二週間ずっと想像している。

ローテーブルに化粧箱を置き、適当な皿を二枚、フォークを二本とって並べる。テレビを点け、いつもの癖で動画配信サービスの画面を開く。

「あっ」

画面上でカーソルが合っていたストレンジャー・シングスのシーズン2最終話が勝手に再生されてしまい、慌ててリモコンを操作して止めた。

こんなことなら九月二十二日、最終話まで見ていればよかった。

化粧箱を開く。先ほどまで自分が売っていた白い塊に、フォークで無理やり切り込みを入れる。全体が潰れたケーキの二切れを、自分ともう一つの皿に移す。

「いただきます」

アナログ時計の長針が回る音が、部屋に満ちている。

のろまで意地悪な時間の速度が、ぼくの目の前に横たわっている。

「ごちそうさまでした」

ケーキを捨てた。

そうするしかなかった。

それでも憎らしいくらいお腹が空いた。再びダウンコートを羽織って家を出る。

何かが額に落ちる。冷たい。触ると髪の毛がわずかに濡《ぬ》れていた。

空を見上げる。まぶたの上に落ちてきたのは、水滴ではなく、軽くて白い粒だった。

それは気づけば、街中に降っていた。

ほとんどの人は、歩くことを止めなかった。特別なことなんて何もなかった。でもぼくにとってこれは、誰かと見たかった雪だ。

その願いが叶《かな》うことは、これからずっと、ないのだ。

彼女は、岩戸優紀は雪を見ることができないのだから。

五

美術学科のアトリエは、二月の提出期限に向け、つなぎ姿の学科生たちが寝袋やクッションを持ち込んで泊まり込みで絵の仕上げに入る、静かな戦場だった。

そんな中に忽然《こつぜん》と、岩戸さんの絵も置かれていた。

一二〇号の巨大なカンバスに描かれた油彩画は、机に突っ伏して眠りに誘われる女性の相貌を表している。大きく取られた構図と明るい色調が特徴だ。

「なんか、雰囲気と違うタッチだよな。呑気《のんき》っていうか」

通りかかりざまに声をかけていったのは、石川修司さんだった。美術学科に何度も足を運ぶうちに顔見知りになった彼とは、たまに話すこともある。

実家に乗り込んで以来、ぼくは学祭のパンフレットや美術学科のホームページを調べ、岩戸さんの作品をいくつか見てきたからわかる。暗い背景を好む岩戸さんは、光に呑まれるような眩《まばゆ》い背景を描くことは滅多にない。

綺麗だ。

純粋にそう思って、しばし見入っていると、次第に絵の中に呑まれるような感覚に陥り、視線を逸らしてしまう。

なぜそんなことになるのかわからなかった。

「完成さえしてたらコンテストも狙えただろう」

カンバスケースに自らの作品を格納しようとしていた石川さんが、そうぼやく。

「そういえば、みんな人の顔ばかり描いていますね」

無生物的な題材に表情を付与したり、人間を擬物的に表現しているものもあるにはあるが、見渡す限り、基本的には人の表情を描いた絵が多い。

「そりゃそうだろ。だって期末課題は、自画像なんだから」

石川さんのあっけらかんとした答えに、ぼくはうなずいた。

ああ、そうか。うなずいた傍《そば》から納得がじんわりと四肢に広がり、愕然としてその絵を睨んだ。目を逸らしたくなっても、無理やり、直視した。

呑気な絵なわけがない。

だってこの絵は、自画像なんだ。それはつまり——目覚めないかもしれない冬眠へのぞむ、不穏な旅路。底しれない闇へ落ちていく岩戸さんの恐怖が、描かれていないはずがない。

ぼくが目を逸らすのは、見ていられないのは、それは、ぼくがこの冬に感じ続けてきたことそのものだからだ。

長い冬をひとりで歩いてきて、やっと二月《ここ》まで辿り着いた。寂しいという気持ちにだけ焦点を当てて、騙し騙しにじり寄ってきた。でももし岩戸さんが目覚めなかったら？　不由美さんの言う通り、来年なんて来なかったら？　この、続きの描かれない絵のように、物質のようになって一年と五ヶ月いやそれ以上を眠り続けるとしたら？

「おい、どうしたよ。顔色悪いぜ」

石川さんの声に、ぼくは苦笑いして首を振る。

この恐怖に比べたら、寂しさなどは所詮笑いごとでしかなかった。また会えるという前提に立った、楽観主義でしかなかった。ぼくのこの恋《おもい》は、失恋にさえ到達できないかもしれないのだ——。

考えてはだめだ。想像力は、味方じゃなかった。

帰り道に通ったコンビニで、バレンタインに向けたMeijiチョコレートののぼりが躍っていた。ぼくは視線を伏せて、何も見ていないみたいな顔をして通り過ぎた。

六

新幹線の角の取れた二重窓からは、青く透き通った景色が広がっている。

ぼくは窓枠に肘をつくのだけど、ツルツルした枠は幅がなく、うまく肘をかけることができない。かと言ってシートと壁の間に頭を固定するのも、後頭部が圧迫されて居心地が悪かった。前シートの背から机を下ろして、そこに頭を載せてしまおうかとも思ったが、もし支柱が折れでもしたらと考えると気が咎めた。

諦めて、まっすぐ座って腕を組む。

一週間前の二月二十一日の、夕方頃。一件の電話がかかってきた。岩戸灯子さんからだった。

課題の小論文のためにパソコンに向かっていたぼくは、震えるスマホを見下ろしながら十コールをやり過ごした。出ることができなかった。

人生で経験した一番長い冬。ぼくはたった一本の電話を頼りに過ごしてきたはずなのに。いざそれがかかってくると、手が震えて取ることができなかった。

――あなたは王子様じゃない。キスをしたって起きないんですよ。

岩戸不由美の言葉は灯火であり、呪いだった。この三ヶ月間、毎日のように反芻してきたのだ。ぼくは王子様じゃない。ぼくが関わったことによって優紀の体調が改善するなんてことは、空が落ちても起こらない。

だから優紀は目覚めないかもしれない。

この電話は儀式の中止を知らせる電話かもしれない。

冷たさの染み込んだ机に突っ伏して、頭を冷やした。それからスマホを確認すると、留守電が入っていた。失礼だとわかっていながら、それを聴くために日が落ちるのを待つ必要があった。

街が眠りにつく頃、ぼくは留守電を聞いた。聞いてしまえば一瞬だった。優紀が、目覚めた。

目覚めたのだ。

翌日電話をした。ぼくは昨晩聞いた言葉を二度、確認した。鬱陶しがられないかなんて、頭になかった。ぼくが訊ねるたび、灯子さん同じ答えを返してくれた。

受け取ったのは、一週間後に催される目覚めのパーティーへの招待状。

トンネルに入り、耳がきんと鳴った。耳抜きをすると、頭痛がした。再び窓枠に肘をついた。今度はいい感じに留まって、なんとか頬杖をつくことに成功する。

トンネルを抜け、軽い振動が走った。肘が枠の縁をずるりと滑り落ちた。

初めて名古屋へ向かったときとは、違う。今回はぼくが来ることが、少なくとも家族全員に知らされている。

もっと、落ち着かないと。

改札を潜ると、大きなサイコロのような時計が目に留まる。これが灯子さんの言っていた『銀時計』のようだ。待ち合わせスポットというだけあって、台座にもたれたり、そばにしゃがみ込む人も多い。

ひときわ鋭い目つきをキョロキョロとさせる女の子がいた。髪型はセミロングのストレートになっていて雰囲気も少し大人びていたが、まぎれもなく不由美さんだった。

声をかける前に切っ先のような目がぎろりとこちらを向く。そして何よりも先にまず、ため息を一つこぼす。

「こん、にちは……」

ぼくは恐る恐る挨拶をした。

「迎えにきてくれて、ありがとう……」

「……」

「……」

「お久しぶり、です」

「あなたに、久しくされる覚えはありません」

そう言って、ふいとそっぽを向く不由美さん。その変わらない無愛想さに半ば安堵を覚えてしまったことは秘密だ。

建物の外に出ると、渦を巻く塔のような巨大オブジェを中心にロータリーが広がっていて、不由美さんは早歩きでロータリーに面した地下の入り口を下っていく。一度通ったから淡い記憶はあるものの、当時はずっと乗り換えアプリを覗きっぱなしだったので、名古屋駅の風景は印象に新しかった。

「本当に来るなんて……」

駅地下の商店街通りを歩いているとき、不由美さんがぼそりと呟く。

聞こえてるぞ。

どうしてぼくは、ここまで嫌われているのだろう。

地下鉄に揺られて二駅。太閤町につき、少し歩いた。会話はほとんどなかった。

三ヶ月ぶりに見る岩戸家は、記憶の中に思い描いたままの姿だった。体が震えた。すぐに寒さや風のせいではないと気づいた。足の震えが、体まで登ってきていたのだ。

門扉を開けた不由美さんが、不審そうに振り返る。

「何してんですか」

「いや、その……」

ぼくは俯いて、一人、呼吸を整えた。突発的に湧いた怖気《おじけ》に、全身が呑み込まれそうだった。

「さっさと来てくださいよ」

「ぼくは、本当に会いに行っていいのかな」

「はぁ？」

苛立ちと、失望のこもった声だった。

「今更何を……何を言ってんですか。あなたは三ヶ月前、自分の意思で、来たじゃないですか。姉はあなたを認めたんですよ」

「気が変わってるかも」

扉から手を離した不由美さんは、勢いよく歩き戻ってきて、ぼくの顔すれすれにずいっと詰め寄る。

「今日は大切な儀式の日なんです。あなたにそんな態度をされては、正直困ります」

「でも、」

「それでも男ですか」

言葉がなかった。恐怖が恥ずかしさによって消し飛ぶと、足の震えも直っていた。

不由美さんは玄関扉に手を掛けた。ぼくはその瞬間が待ち遠しくて、同時に、たまらなく怖かった。不由美さんがドアノブに手をかけたまま、ぼくの方を振り返る。その目は先ほどの敵意に満ちたものとは違って、切実なものがあった。

その時、玄関扉が開かれた。

ガウン姿で、松葉杖《まつばづえ》をついた女性。艶のある黒髪は最後に見たときよりだいぶ伸びていて、ショートぐらいにはなっていたが、あやしい雰囲気は健在で、そして、この三ヶ月間ずっと空想の中に描き続けてきた姿よりも、何倍も綺麗で。

ぼくはこのときのために準備してきたはずの幾万の言葉が、全く使い物にならないことを知った。

「なつきくん？」

透き通る楽器のような声で、岩戸さんは不思議そうに首をかしげる。話したいのに、伝えたいのに、声が出ないのはぼくだって不思議だ。

「そう……そうです、夏樹です！」

やっと出た言葉は汽笛のように甲高く、不由美さんがそばで失笑する。

「へんなの。ちゃんとあの、なつきくん？」

ぼくは何度も強くうなずいた。

目覚めている。そして、話している。岩戸優紀がぼくの前に立っている。

この瞬間を、どれほど待ち望んだことか。

「でも、うれしい」

岩戸さんは透明な、感情の灯らない顔で、ささやくように言う。

「一旦上がって。着替えてくるから」

そうしてぼくは再び、岩戸家に足を踏み入れる。

七

ペーパーチェーンで飾りつけられたカーテンレールと、テーブルに並べられたクラッカー。ひと目見て今日は何かあるんだなと思わせる装いのリビングで一人待っていると、フード付きのボアジャケットとジーンズ姿の岩戸さんが下りてくる。

松葉杖はなく、左手にアルミのクラッチ杖が握られていた。

「散歩、付き合ってくれる？」

家から出るとすぐに大きな病院があり、石垣に沿って歩いていく。あたりの建物が軒並み低いせいか、空の先には名古屋駅の近傍にあろうビル群が、高くそびえて見えた。

岩戸さんは足場を確かめながら、ゆっくりと道の端を進む。たびたび自転車が通ったが、杖をついていると相手から積極的に避けていった。それでもなお危なっかしくて、ぼくは彼女の一歩後ろにぴたりとついて歩いた。

「久しぶりだね」

岩戸さんが言う。

「ですね」

「何ヶ月ぶりかな？」

「最後に会ったのが十一月末なので、三ヶ月ぐらいですかね」

「君にとっては三ヶ月かもしれないけど、私にはもっとだよ」

岩戸さんは少し不満そうに言う。

「私の眠ってるところ、見たでしょ」

ぼくはドキリとして、ちょっと足を止める。すると岩戸さんも進むのをやめ、石垣に片手をついて振り向いた。

「ここにいるってことは、そういうことだよね」

「す、すみません！」

ぼくは思わず叫んだ。まさか妹や母親から、ぼくが十一月末に訪れたことを、聞かされていないはずもない。

「でも、見てました、寝顔なら」

夏までは——。そう言いかけて、言葉を引っ込める。けれど岩戸さんはそれを感じ取ったように、追及の視線をよこした。

「見せたことないけどなー、寝顔」

記憶に刻みこまれた、ひと夏の歴史。蒸し暑いベッドの上で、静かに寝息を立てる岩戸さんの横顔と汗の匂いが、克明に思い出される。

「そう……でしたっけ」

　頰がかっと熱くなって、ぼくは視線を逸らした。

「嫌なんですか、見られるの」

　岩戸さんはそんなこともわからないのか、という顔をした。

「だって。すっぴんだし、汗だくだし、髪短いし、全然かわいくないもん」

　そう言い放つと、くすりと笑って再び歩き出す。病院の周りをぐるりと回るコースだった。相変わらずお年寄りとよくすれ違う。

「今日はお母さんがいっぱい料理、作ってくれるの。私、ほんと楽しみなのよね」

「それって、やっぱり、辛いんですか？」

「私のだけ、ちょっとね」

　絶対にちょっとではない。

「ずっとエンシュアだけで飽きちゃった。美味しい黒糖味だけすぐなくなるし」

　玄関の段ボール箱に入っていた栄養ドリンクのことだろうか。冬眠していたなら当然、四ヶ月以上固形物は口にしていないことになる。胃も細くなっているだろうし、消化能力も落ちているに違いない。

「ねえ、なつきくん」

「はい」

「ありがとね。こんなところまで来てくれて。私の心配してくれて」

嬉しかった。岩戸さんに感謝されるのが、たまらなく嬉しいはずだった。

でも、どうしてか。奇妙な感じがする。背中がむず痒《がゆ》いような。

「よこ、きてよ」

「はい」

「あと、その敬語やめない？」

「でも岩戸さん、ぼくより五つも」

「それ、今言わなきゃだめ？」

にっこりとして、口を平たく結んでずいと頭を寄せる。

うん。従わなきゃダメなやつだ。

「ゆきって呼んでよ」

「はい……」

寝起きで体が動きにくいせいか、少し舌ったらずな感じになって、声は幼く聞こえた。

それでも、いつもの通り、完全に岩戸さんのペースだった。

ぼくは道路側に少し踏み出して、岩戸さんの横についた。そして、口元を震わせながらその名前を発音しようと努める。

「ゆ、優紀さん」

「ちがう。ちゃんと呼んで」

「優紀」

やっと照れずに言えるようになると、岩戸さんは――いや、優紀は満足げにうなずいた。そして、こう続ける。

「じゃあ、これからは私たち、友達ね」

そのときぼくは、どんな顔をしていただろう。一瞬だけ、台風の目に入ったように、何も感じなかった。ただ頭ではわかっていた。悲しみが来る前に、まだ頭が動くうちに、何か準備をしなければ――。

「ごめんね。君っていい人だから」

いい人なんかじゃないし、謝られるような人間でもないのだ。優紀が遠ざかっていく。あれほどの隔たりを感じていた冬よりも、さらに遠くへ。

「やっぱり、君とは付き合えないや」

うまく喋《しゃべ》れず、どこに向けていいかわからない視線を、地面が吸い取った。

「私、最低だね」

ぼくの反応が予想の範疇《はんちゅう》であるかのように、優紀は静かに続ける。

「今からもう一つ、最低なことを言うね」

優紀はさっきにも増して真剣にぼくの目を見つめる。

ぼくは呆然としたまま、聴覚だけを働かせる。

「明日までは恋人のふりをして。明後日《あさって》からは、ぜったい、いい友達になるから」

「どうしてそんなこと、言うんですか」

「お母さんが心配だから、かな」

優紀は、申し訳なさそうに首を傾ける。

それが再会して初めてみせた、一番いい笑顔だった。


家に戻ると、野菜が煮えるいい匂いが漂ってきた。優紀はクラッチ杖を傘立てに差し、上がりかまちにしゃがみ込んで靴を脱ぐと、顔を上げさっと手を伸ばしてきた。

「てつだって」

「うん」

優紀の掌《てのひら》に触れる。替えたばかりのシーツのように、ひんやりとした指先。ぐっと力を入れて引き上げると膝がかくんと折れて、ぼくの胸に倒れ込むようにバランスを崩した。

「ごめんね」

「もういいですって」

ぼくは自分の心がねじ曲がっていく音を聞いていた。

「そう何度も、謝らないでください」

台所では灯子さんが腕を振るっていた。優紀はスチール棚の支柱に引っ掛けられたアルミ杖を取り、ソファに座る。ぼくも隣に腰掛ける。消臭剤の爽やかな香りがし、そこへ優紀の甘いような匂いが混じる。

「お疲れ様」

灯子さんが言った。続けてぼくに視線を移し、なつきくんも、と付け加える。

「転んだりしてない？　優紀」

「大丈夫よ、お母さん。なつきくんが助けてくれた。なんか頼りになるね、やっぱり」

優紀はそう言って、ぼくの方に笑みを向ける。

「むしろぼくが電柱にぶつかりかけました」

灯子さんが笑ってくれたことで、少しだけ心が上向いた。

「何を作っているんですか」

「ホワイトシチューよ。あとは牛乳と粉チーズとマッシュルームを入れるだけで完成」

「楽しみです」

面白いほど忠実に、優紀の言ったことに従っている自分が惨めだった。でもそうする以外に、この家にどんな居場所があるだろうか。

「パーティーは七時からね」

「あっ、れいの儀式ですね」

ぼくは不由美さんが使っていた言葉を引用して、何気ない調子で返した。しかし灯子さんは首を傾け、ぎしき……、と不審そうに繰り返す。

「変ね。どうしてそんな言い方を」

「えっと、それは」

予期せぬ問いにぼくは少しぎょっとし、テーブルでささみを裂いている不由美さんへと視線を流す。

その無言の指名を聞いた灯子さんは、マッシュルームのパックに差し込んでいた包丁を置いて不由美さんのところへと移動すると、抑えた声で言った。

「不由美が話したの？」

不由美さんはあからさまにため息をつきながら、母親を無視してささみを裂き続ける。

「そうだけど」

「普通のパーティーでしょ。変だと思われるじゃない」

「呼び方なんてなんだっていいじゃん」

「いつそんなこと話したの？　なつきさんを変に心配させちゃうでしょ」

不由美さんが手を止めた。

そして千切っていたささみの破片をボウルに投げ入れた。

「心配させちゃう……？　一週間前は毎晩家族でどん底みたいな空気だったくせに、お姉ちゃんが起きた瞬間切り替えろっての？」

　灯子さんの顔がみるみる蒼白《そうはく》になり、少し濡れた手で不由美さんの腕を摑むと「ちょっと来て」と廊下側へと連れていく。

「優紀に言わない約束でしょ」

　閉じられた扉の奥から漏れ出す口論が、壁の隙間から入り込む寒気のようにリビングに染み出した。ぼくはそれとなくイヤホンを取り出して、壁掛けにされたコンビニの絵を見つめる。

　芸人のネタ動画を一本見終えたくらいのときに、地響きのような衝撃が駆け抜け、ぼくは振り返った。

「どうしてそうやって大事に考えるの？　中学二年のときの……たった一度よ。それ以来安定してるじゃない。今だってこんなに普通に、おうちにボーイフレンドを連れてきてくれて」

　灯子さんの声がイヤホンを突き抜ける。大きな足音を立ててキッチンの方へ向かっていく不由美さんは、冷蔵庫から牛乳のパックを取り出してそのまま片手に抱える。

　優紀もまた何事もないように、テレビ画面へと目を向けている。だけどぼくにはもはや、気づかないふりを続けることはできなかった。

「知るか」

　不由美さんが目のふちを真っ赤にして叫んだ。

「知るか知るか知るか。もうぜんぶ知るか！」

　流石《さすが》にもう静観はできなかった。ぼくは立ち上がって、不由美さんを宥《なだ》めにかかった。

　返されたのは、氷柱《つらら》のような言葉。

「なんであなたが、ここにいるんですか、なんで。どうせ何も、できやしないくせに。どうせお姉ちゃんの前から、消えるくせに」

　階段へ向かった不由美さんの足が、ドア枠を塞ぐように立つ灯子さんを前に止まる。

　優紀が前傾になって、膝の間に頭を挟む。

「こら、お客さんに失礼でしょ。それに自分のことを棚に上げるんじゃありません」

「そんなこと言ってない。そんなこと言ってないじゃん。私が言ってるのは……。私が言ってるのは、なんでいつも、ママはお姉ちゃんの味方なの」

「そんなことないでしょ。あなたのことを、ちゃんと考えてるわ。でもね、お姉ちゃんが帰ってきたときぐらい普通にしてよ」

「普通じゃないじゃん!!」

　不由美さんが大きく振りかぶる。直後、凄《すさ》まじい速度で何かがぼくの頭上を突き抜け、庭につながる窓ガラスへと激突した。見たこともないくらいの広範囲が真っ白に染まる。

「お姉ちゃん……普通じゃないじゃん……」

不由美さんはそう声を絞り出すと、そのまま階段の方へ消える。

灯子さんはしばらく立ち尽くしていたが、はたとぼくの方を見、

「うちの娘がごめんなさい」

心底恥ずかしそうに頭を下げたきり、しばらく頭を上げなかった。

立ち上がろうとしたぼくの腕を、優紀が引き止める。

「ほっときな。気が済まないのはママなんだから」

どん。再び天井が鳴った。天井の音はしばらく鳴り続いた。


飛び散った牛乳を片付けるために、まずは雑巾でバケツに吸い出して、熱湯をかけて、乾拭《からぶ》きをした。手伝おうとする優紀をソファに戻し、ぼくと灯子さん二人が協力しても三十分以上かかった。

七時近くになると、いよいよ香ばしい匂いが漂ってくる。

優紀はソファ全部を使って寝そべりながらゲーム実況を見ていて、ぼくは灯子さんの料理の様子を椅子に座って眺めていた。

優紀と恋人らしいことを話そうとすればするほど、恋人から遠ざかっていくことがわかったぼくは、一定の距離を保つことを学んだ。その方がむしろ、灯子さんには恋人ら

しく見えるようだった。

玄関が開く音が聞こえ、灯子さんの顔がいっそう明るく染まる。

「お父さんだわ」

その言葉はぼくをどきりとさせた。ぱか、ぱか、と靴を脱ぐ音がしたのも束の間、ドアが開かれスーツ姿の男性が現れる。背はそれほど高くなかったが、がたいがよく、眼鏡をかけて理知的な顔立ちをしていて、短く切った髪は半分白い。

ぼくは立ってお辞儀した。大学の入試面接でもこれほど丁寧なお辞儀をしたことはない。

「君が夏樹君？」

男性は鞄を椅子に置いた手をぼくの方に向けた。

「初めまして。優紀と不由美の父の、嶺二です」

穏やかな声と優しい目つきに、ぼくは少しほっとして背筋に込めていた力を抜いた。

「今日はよく来てくれた。こうして顔を合わせるのは初めてだが、君の話は優紀が眠っているときからよくしていたよ。夏樹君」

初耳だった。驚きを抑えながら、そうなんですね、と答える。

「優紀のことが心配ではるばる東京から来てしまう熱血漢だってね」

瞬時に頬が赤くなるのを感じた。露骨に目を逸らすこともできず、やや俯き気味になって、謝るしかなかった。

「そのせつは、すみません」

「君は何も知らなかったわけだし、基本的には二人のことだから。それでも、突発的に行動する前に踏むべき手順はあったかもしれないね」

「……本当に申し訳ありません」

ぼくが深々と頭を下げると、嶺二さんは笑って、ちょっと言いすぎたかな、と言ってよけいに楽しそうにした。

「優紀が怒っていないなら、歓迎だよ。ボクにはそれが一番大事だから」

嶺二さんが目をやると、優紀は照れたように微笑し、顔を背ける。親に自慢したいけれど、恥ずかしくもある、そんな具合の完璧な仕草だった。

とたんにぼくが、どんな顔をすればいいかわからなくなる。

「じゃあ、着替えてくるよ」

嶺二さんが階段に消えていくと、優紀は首を鳴らして背伸びした。ぱきぱきと音がして、捲《まく》れ上《あ》がったフリースのすそとジャージの間から、へそが現れる。

ぼくの視線に気づいた優紀は、父に見せた仕草とは別人のような悪戯っぽい笑みを浮かべた。その一瞬だけ、あたりの空気が夏の夜に染まる。

嶺二さんがトレーナー姿になって戻ってくると、灯子さんは仕込んでいた鍋を火にかけ、大きな耐熱皿をオーブンに入れる。

テーブルに座って、ぼくと優紀の方をちらちらと見ていた嶺二さんが、不由美は？と訊く。重たい空気が流れる。ぼくは二人がそうしているのに倣《なら》って、口をつぐんだ。

「自分の部屋だと思うわ」

灯子さんがわずかに落としたトーンで答えた。

「勉強か？」

「……たぶんね。サボってるかもしれないけれど」

「そっか。そろそろ儀式の時間だから、下りてきてもらわないと」

灯子さんの顔が少しひきつる。

嶺二さんは不審そうな表情一つせず、夕刊を広げる。

お母さんのために——、優紀の願いが呼び起こされる。なぜかは言わなかったが、振った相手に恋人のふりをさせるなんて、まともじゃない。

それほどまでに儀式、いやパーティーは、この家族にとって——。

「あの」

ぼくの背中はブルブル震えていた。近頃、震えてばかりだ。家族の視線が集まって、萎縮する喉元を無理やり広げた。

「僕が、見てきてもいいですか。不由美さんの、こと……」

嶺二さんは新聞紙を半開きにして、不思議そうな顔を出した。しかしミトンをはめた灯子さんは、どこか肩の荷が下りたように、晴れやかな表情をぼくに見せる。

しゃっ、と新聞紙が折り畳まれて、嶺二さんと灯子さんの視線が交わされた。しばしの沈黙のあと、嶺二さんは何度かうなずいて、お願いできるかな、と一言こぼした。

立ち上がり、ドアに向かおうとしたぼくの背中に「いいのに」と優紀の冷たい声がささやく。

ぼくは振り返らず、一直線に絵のたくさん飾られた階段を上った。

八

優紀と同じように、不由美さんの部屋にも切り株のネームプレートがかかっていた。ローマ字で書かれたFuyumiの字は、不格好で落書きのようだった。

「いるんでしょ」

ノックを二回。返事はない。

「入るよ」

ドアの奥で、どたっ、と音がした。ぼくは反射的にドアノブに手をかけて回したが、角度が四十五度で止まり、逆に押し返される。

「ちょ、入れてって」

「いや、です」

ドアノブとドアの接合部分が軋《きし》む。ぼくは大人気なく、両手を使って押し下げた。しかし相手の押し返しもなかなか激しい。

「なんで来ないの。みんな君を待ってる」

「私、なんか、必要、ない」

「そんなことは、ない」

「あなた、には、わから、ない！」

ドアノブの腕相撲はぼくが押し切り、ドアが内向きに開かれた。

真っ暗な部屋。ぼくは尻餅をついた不由美さんの左足につまずき、バランスを失った。

不由美さんの腿《もも》と腿の間にぼくの膝がズドンと落ち、二つの頭は触れるぐらいに急接近する。押し殺した悲鳴が、耳元に流れ込んだ。

「ごめん！」

「しめて！」

「なに!?」

「あれ、あれ！」

不由美さんの指さす方向。やっと意味を理解してドアを閉めると、ぼくはしゃがみ込んだ。部屋はほとんど完全な闇に包まれて、お互いの体の位置さえわからない。そんな中で、不由美さんの息遣いだけが聞こえた。

不可抗力とはいえ、殴られるかな、と思った。いやこの体勢だと、腹に一発蹴りでもくるのか。蹴りの方がありそうだな。

けれど手も、足も上がらなかった。

「電気、つけないと」

ぼくはそう言って立ち上がり、壁沿いを手探りで触れていく。いっこうに見つけられないでいると、背後から忍び寄った不由美さんが、ぼくが触れているちょうど真下に手を伸ばす。カチ、と音がして、部屋が明かりで満たされる。

「すごい」

ぼくが言うと、不由美さんは馬鹿にしたようにぼくを見上げた。

「自分の部屋なんだから普通では？」

不由美さんの部屋は勉強机とベッド以外には、基本的に本棚だけが置かれていた。本棚の中はぎちぎちに詰まっていて、一段目には有名国公立の赤本がずらりと並び、その下には難解そうな医学書もあった。優紀の部屋にあったような画材や絵画などは一切見当たらず、それどころかぬいぐるみや漫画、ゲーム機なんかは気配すらない。

今どき珍しいCDラックと、壁掛けの分厚いヘッドホン、そして壁に一枚だけ『けいおん!!』のポスターが貼ってあるだけ。それだけだ。

「じろじろ見ないでくださいね」

先に釘を刺されてしまった。

「それで、どうして来たんですか」

すっかり調子を取り戻したように、不由美さんはベッドに憮然《ぶぜん》と腰を下ろす。空けられた椅子はぼくのためかと思って座ろうとするけれど、それはないです、と冷ややかな声が飛ぶ。

「立ってろと？」

「いえ。どこにでもお座りください」

そう言われて再度探してみるが、椅子以外に座れそうな場所はない。まさかと思って足下を指さすと、不由美さんは首を縦に振った。

釈然としないまま、冷たい床に膝をつける。

「で、誰の差し金ですか」

「違う、自分の意志だよ」

「なつきさんのイシ？　面白いことを言いますね」

不由美さんはけたけたと笑い、嘲笑の表情でぼくを見下ろす。

「深い思いもないまま、うちの姉に近づいて。恋人ごっこをして。所詮は可愛い女の子にセクハラしたかっただけでしょうが」

じゃあ、一目惚《ひとめぼ》れだったらよかったのか。じゃあ、もっと昔から彼女のことを知っていたらよかったのか。

違う。そこにある事実は一つ。ぼくが今、何も言い返せないってことだけ。

「それで姉が異常者だってわかったら、すぐにヒーロー気取りで救いたがる。救えると思っている。何もできないくせに。笑えますね」

「異常者って……」

「異常者でしょうが！」

昂《たかぶ》った声が、部屋に響きわたった。

「冬眠する女の子？　ファンタジーな言葉でごまかさないでください。冬の間、植物状態になって食事や排泄もままならない。命を完全に他人任《ひとまか》せにする。姉はそういう人間です。でもなぜって？　脳に異常があるんですよ。視床下部か下垂体か、あるいは前頭葉か」

不由美さんはこめかみに人差し指を突きつけて言い放った。

「まだ、そうと決まったわけじゃないだろ」

「まだ……？」

憎しみと軽蔑が入り交じった視線が、ぼくを射貫く。

「あなたは何をもって、『まだ』と抜かすんですか。私たち家族が今までなにもやってこなかったと思いますか？　遷延性《せんえんせい》意識障害の臨床研究をしている大学病院を片っ端から当たりましたよ。私だって調べるのを手伝いましたよ。でも、権威と言われるどの先生に診てもらっても、ついぞ病名はいただけなかった」

不由美さんの口から出る言葉は、まるで別世界の言語だった。

この家でぼくだけが置いてきぼりだと思っていた。でもそれは傲慢な勘違いだ。ぼくは置いてかれてすらいない。彼女と出会った日から一歩も進んではいなかったのだから。

「つまり何が言いたいか、わかりますか」

不由美さんはそっとベッドから腰を離して、ぼくの目の前に足を振り下ろした。

「お姉ちゃんの病気は一生治らない！」

そして、そのまま前のめりに倒れて、ぼくの上にのしかかった。

「うわっ、何するんだよ」

倒れ込んだぼくの両足の間に、不由美さんの太腿が食い込んだ。さっきとは真逆の状況だった。

胸にかかる不由美さんの吐息は、この部屋の何よりも熱い。

ぼくは注視した。羞恥を喰《く》い殺《ころ》した表情が、逆光の中に赤い星のように浮かんでいる。

およそ二十センチの空間を、昂る鼓動が伝った。

「私にしてくださいよ」

震える声が降る。

「セクハラするなら、私でいいじゃないですか」

ゆっくりと、視界に作る影が大きくなった。苦手なものを食べる子供のように、不由美さんの目はきつく閉じられている。

柔らかい感覚が触れる、その前に、ぼくは不由美さんの肩に手を当てて、弱い力で押し返した。拒絶されることを想定していなかったのか、抵抗なく押し返される不由美さんは、恥ずかしさを通り越して、中腰のまま放心していた。

「だめだ」

「なんで」

「簡単なことだよ」

「簡単じゃない。わかんない。だってあなた別に姉じゃなくても良いじゃん！」

「始まりはね」

はっとした顔で、不由美さんはぼくを見た。

言わなければならなかった。ぼくはずっと、懺悔《ざんげ》の相手を探していた。

「最初は流れだった。いけそうだと思ったからいった。でも優紀が消えて、僕はおかしくなった。耐えられなかった。せめてあと一度会いたいと思った。ひとりきりの冬は、死ぬほど辛かった」

岩戸優紀はぼくの、何でもない。彼女がぼくの人生に現れたのではなく、ぼくが彼女の人生に登場したエキストラだというのはずっと前からわかっていた。でも、あの心まで凍える冬の寒さは、ぼくに厭《いや》というほど知らしめた。

「僕は……やっぱり、優紀がいないとキツいんだ。さっき、友達になろうって言われた。明日まで恋人を演じたら、それきりずっと、って意味だ。もう無理なんだってわかってる。でも、諦められないから、今もしがみついてる」

「……」

不由美さんの表情が、怒りを通り越して、両の瞳を弱々しくうるませる。

「だからって、ストーカーは、だめです……」

「みんなに言われる」

へたりこんで尻餅をつく不由美さんに、ぼくは体を起こして向き直った。

「ごめん」

ぼくが言うと、私こそ……、と不由美さんも浅く頭を下げる。

かち、かち、かち、と時計の音が染み渡った。もう八時半だった。

「ママは自分の娘が普通じゃないと、気が済まないんです」

沈黙を破ったのは不由美さんだった。

「母は、姉に普通の恋人ができるのを、いつも待ち望んでいるんです。普通というのは、休日にショッピングデートしたり、手をつないで散歩したり、一緒にご飯を食べたり、そんなふうな普通の関係のことです。冬の間ずっと姉の部屋に居座って、彼女の面倒を一生見るとか言い出さない人のこと」

まるで昔そういう人が実際にいたかのように、不由美さんの瞳は暗く沈む。

「姉がもし兄だったら、どれほど良かったでしょう。あるいはあなたが女だったら、どれほど良かったか」

なまじ容姿が美しいから、それ目当てで男が集まる。それで目的は叶うはずなのに、優紀のハンデを知るとすぐに逃げていく。

「体も性自認も、変えられないよ。どうしようもない。僕は、正直に言えば、同性だったら、岩戸さんに惹《ひ》かれていなかったかもしれない。出会ってすらいなかったかも。女の岩戸さんには、男の僕が出会うしかなかったんだと思う」

「あなた、正直ですね」

不由美さんが、上目遣いにぼくをみる。

「嘘は嫌いだ」

ぼくが言うと、不由美さんは少しだけ目尻をなだらかにさせた。

「どうしてですか。私がいたって、何の役にも立ちません」

「今は下に行こう」

「たとえそうでも、下に行こう」

弱々しく拒む不由美さんの腕をとってぼくは立ち上がった。引っ張られて膝をついた不由美さんも、渋々立ち上がる。

「待ってください」

階段に差し掛かる寸前で、不由美さんが止まった。そしてなにかスマホを操作し、ぼくの前に突きつける。

そこには黒と白の複雑な模様、ＱＲコードが表示されている。

「連絡先」

そう言ってから俯き、一応、と付け加える。

「僕から連絡していいの？」

「えと、私からだけです」

と、あまり捗《はかど》らない会話をして、ぼくはスマホでコードを読んだ。

アイコンは、口をマスクで覆ったつり目の外国人。見切れてはいるが、肩に赤い星のマークが見て取れたので、ぼくは思わず言った。

「面白いよね、キャプテン・アメリカ」

不機嫌そうに眉をつり上げる不由美さんが、ちらりとこちらに目をくれる。

「よくご存じで」

「アイコン、ウィンター・ソルジャーかあ」

昔見た映画のことを思い出すにつれ、確信に変わっていく。まるで不由美さんみたいだ、と言うと、当人は顔を逸らして、黙り込んだ。

ウィンター・ソルジャーは改造され、凍土で生きる冷徹な暗殺者。だけど心の奥では、いつも親友のキャプテン・アメリカのことを想っている。

階段を下りていくと、テーブルいっぱいを料理が埋め尽くしていた。

二つある木製のボウルには、それぞれ山盛りのコブサラダとポテトサラダが詰まっていて、バスケットにはクロワッサンとバゲット、大皿にローストビーフとミートパイが並んでいる。

「そろそろ来る頃だと思ってた」

時計とぼくらを見比べながら、嶺二さんが言った。

「鍋行くから、真ん中開けてくれる？」

灯子さんがそう言うと、不由美さんが鍋敷《なべしき》を持ってきて、皿の配置を少しずらして真ん中に鍋の着陸地点を作る。

「実りある話はできたかい」

「どうですかね。でもちょっとだけ、不由美さんと仲良くなれた気がします」

「そうか。それはよかったよ」

鍋が下りてきて蓋《ふた》が取り外されると、じゃがいもや人参《にんじん》が入った、透明なスープが姿を現す。それを覗き込んだ嶺二さんが、ん？　と首をひねる。

「あれ、シチューじゃなかったの？」

灯子さんは不由美さんと目を合わせると、二人して作り笑いをして、

「ポトフの方が合うかなって」

「え、でもこれ鶏肉《とりにく》入ってるけど」

「今日はそういうポトフなんです」

灯子さんが言い切ったので、嶺二さんはしぶしぶうなずく。

灯子さんと不由美さんが席についたところで、一つ空いた席に視線が集まる。リビングで優紀がソファからむくりと体を起こした。

「優紀、始めよう」

優紀が少しふらつきながら来て、椅子を引いた。今日の主賓。目覚めた眠り姫。

「じゃあ、おはようの儀式をはじめよう」

嶺二さんの合図に全員が拍手を送ったので、ぼくも遅れて手を打った。

窓の外はもう真っ暗である。

「まずはボクから。目覚めてくれてありがとう。今年は最大寒波と言われていたのでまだ寒いけれど、これからだんだん暖かくなっていくから、優紀にも暖かい未来が訪れることを、願っています」

嶺二さんは言い終わると、おはよう、と付け加える。

「次に私」

灯子さんが手を上げたので、嶺二さんがバトンを渡す。

「とにかく冬が終わり、安心しています。去年は少しごたついたので、今年はもっとスムーズにしていきたいと思います。優紀が普通に育ってくれて嬉しいです。おはよう」

灯子さんは母親らしい笑みを浮かべた。バトンを渡された不由美さんからは、弱い抵抗を感じたが、すぐに持ち直したようで、

「お姉ちゃん、おはよう。目が覚めたお姉ちゃんと、もっと話したいです。今年受験だから、色々と相談乗って欲しいし。冬に迷惑かけられた分、夏は私が迷惑かけるので悪《あ》しからず」

そのときばかりは、不由美さんは心から笑っているように思えた。

これが儀式……。不思議な家族だな、と一定の距離から見ていたぼくに予期せぬ指名が入る。

「じゃあ最後に、夏樹君」

「えっ、僕もですか⁉」

ぎょっとして嶺二さんの顔を見た。ひょうひょうとうなずく嶺二さんからは、冷酷な遊び心を感じる。

「でも、なんて言えば……」

「思っていることを言えばいいよ、優紀に。好き、でもいいし、愛してる、でもいいし、結婚したい、でも」

「パパ⁉」

不由美さんが眉間を歪ませて叫んだ。嶺二さんからの補足はない。

「ええと……」

胸がしめつけられた。

これは実らない恋で、ただのフリ。ぼくは一度だって、優紀の恋人だったことなんてない。好きでいる気持ちが邪魔になって、友達にすらなれないかもしれない。

それでも、この儀式だけは壊してはいけない。

演じるんだ。優紀のために。この家族のために。

「優紀先輩。おはよ」

「言ってなかったっけ」優紀が遮った。「もう先輩じゃないよ」

「えっ」

「留年したから。君とは同級生」

「そっ……か」

優紀にとっては憂いの種であろう事実に、少し喜んでしまった自分が憎い。

ぼくはゆっくりと顔を上げる。

「あなたが好きです」

場の空気が固まる。

自分でさえ、なんでこんなことを口に出したのか、わからなかった。

これは間違いだ。今のぼくらは恋人なのだから。だから、こんなことは――。

「新歓で会ったときから、多分、惹かれていました。でも、その事実を認めるのが怖かった。だって僕は、あなたとなんか、釣り合わない。周りのやつらも、僕自身も、今だって、そう思ってるから」

ぼくは唾を飲んで、息継ぎをした。深い呼吸をもう一度した。

「だから、捨てられる日のために、自衛していました」

夜にたたずむ岩戸優紀の姿が、今も目に焼きついている。東京新宿、混沌の街の喧騒《けんそう》を、全て従えていた。ぼくはその感覚を恋と呼ぶことから、ずっと逃げてきた。

「でも本当に捨てられると、惨めで、悲しくて、結局その事実を認めざるを得なくなりました。あれ……これって、めちゃめちゃ皮肉ですね」

優紀はゆっくりと視線を持ち上げた。ぼくも彼女の瞳を、視界の真ん中に捉える。

「だから、その……そ、それだけです。はい」

無言。静寂。不由美さんの錯綜《さくそう》した表情。そこに、ピュー、という電子ケトルの沸騰を知らせる音が割り込んだ。

慌てて席を立つ灯子さん。微笑をもってぼくを見つめる嶺二さん。当の優紀は、呆気にとられたように口を少し開けて、ぼくをまんじりと見る。

「これで、いいですか……？」

「よしッ、いい感じ！」

嶺二さんが柏手を打って宣言した。

視線を向けると、優紀はばつが悪そうに顔を伏せた。が、その間際にほんのわずかだけ口の両端を持ち上げ、ほくそ笑んだように見えなくもなかった。

九

豪華な食事のほとんどは、驚くべき速度で優紀のお腹におさまっていった。四ヶ月間、機能を停止していた優紀の体は、ここ一週間で調子を取り戻し、今、本来の役割を思い出した臓器たちが一斉に栄養を欲しているらしい。

食事が終わると灯子さんの指示に従い、全員で食器をキッチンへと運び始めた。初めは動きの鈍った優紀を不由美さんがサポートするように動いていたが、そこへ嶺二さんの声が飛んだ。

「優紀は、こっちで休んでなさい」

灯子さんが大皿にスポンジを走らせながら、嶺二さんを一瞥した。

「不由美、わかるね」

嶺二さんが言うと、不由美さんは一つうなずいて、姉の仕事も請け負って、てきぱきと皿を運んでいく。

もはやダイニングに居場所を失った優紀は、嶺二さんに導かれるようにリビングまで移動して、ソファの上にごろんと寝転がる。ご馳走《ちそう》をたらふく詰め込んだお腹はぽこんと膨れ、仰向けになる姿はどことなくあざらしを彷彿とさせる。

台拭きでテーブルを磨き終わったぼくも、ソファの方へ行こうとすると、ベランダでタバコを吸う嶺二さんが手招きをした。

ぼくもダウンジャケットを羽織り、温かいお茶の入った湯呑みを持ってベランダに出て、縁側に腰を下ろす。タバコかと思ったら、煙に匂いはない。光って見えたのは火ではなく、火のような色合いを出すLEDだった。

「なんだか驚きです。こんなお祭りみたいな日に呼んでもらえるなんて」

「驚いた？」

その萎《しお》れかけた唇から、濃い水蒸気がむわりと吐かれた。

「そうですね。正直に言うと、どうして僕が呼ばれたのかまだよくわかってなくて」

「優紀は昔、人を傷つけた。だけどボクたちの責任もある。何よりも誰かの理解者になりたいと願う若者の、無垢《むく》な気持ちを理解してやれなかった。だから今度こそ、こうしてちゃんと話したいと思ったんだ」

ぼくは知らず知らずのうちに眉間に寄っていたしわを引き伸ばし、傷つけた、という言葉についての追及を一旦呑み込む。

「でも結果的に良かったのかな。あるいはこれから良くなるのであれば」

「そう、ですか」

ぼくは寒さに抗《あらが》うために、両腕で体を抱いた。

「これはね、家族が適応した姿なんだ」

電子タバコの白い煙が、空の濃い暗闇に向けて放たれる。

「昔は、こうじゃなかった。優紀が五歳で症状が表れた頃、ボクらはもっと〝普通〟の家族だった。でも優紀が小学校に進学すると、少し状況が変わったんだ。冬にめっきり学校に来なくなるから何か理由があるんじゃないかって。最初は担任教師だった。優紀を指導室に呼び出して、冬に来られない理由を聞いたらしい。優紀は正直に眠るから、と答えた。翌日、家に電話が入ったよ。ボクが出た。でも当時はボクも、優紀の症状がもたらす弊害を、よく、わかっていなかったんだな」

嶺二さんは言葉を切ると、じっと耐えるような表情をして、額に置いた手を後ろにずらして、手櫛《てぐし》をした。

「教師はネグレクトを疑っていた」

嶺二さんは言葉を切ると、スマホを出して写真を見せた。桜舞うレンガ造り、入学おめでとうの文字。優紀と嶺二さんの二人だけで写る、入学式の写真だった。

「あの、灯子さんは……」

「灯子はこのとき、多忙だった。ただでさえ忙しい看護師が、若くして副師長を任されるような立場とあってはね。年功序列の中堅企業勤めのボクの方が式に出ることが多かった。思えばそれも不審がられた一因だったのかもしれない」

「ひどい、話ですね」

「ボクと灯子は教師にどう説明するか考えた。話し合いは三日三晩続いたよ。ボクは真実を話すべきだと言った。でも灯子は、理解されるわけないから、卒業までだましだましやっていくべきだと言った」

「診断書とか、何か証拠になるようなものは」

「優紀はね、数値上では、なんの異常もないんだ」

嶺二さんが待ち構えていたかのようにそう告げる。

「彼女の普通と、その他大勢《ボクたち》の普通が、食い違っているだけ。だから病気として認定はされないし、提出できる診断書もない。それでもね、議論の末ボクらは担任教師を信じて、三者面談のときに真実を話すことにした」

嶺二さんが煙を吐くと、電子タバコのオレンジ色の発光は、点滅を始めた。

「あのときの教師の、我々をひどく蔑んだような視線を、ボクはよく覚えている。持つべきではない親が子供を持ったことを憐んでいるようだった。けれど本当に傷ついたのはボクでも灯子でもない。優紀だ。当時の優紀は、周りと自分が違うことにとても怯《おび》えていた。健康だった夏でさえ、不安性障害を引き起こすようになった。だから真実をいたずらに広めない。それが今に至る岩戸家の大方針になった」

灯子さんの執拗《しつよう》なまでの普通への執着の起源は、きっとそこにあったのだ。

根本的な解決にはならないかもしれないけれど、対処療法として、普通であることを目指した。根治できないのならせめて寛解をと、優紀の心が壊れるのを助けた。

普通という枠で守ることで。

つむじ風が吹いて、庭に積もっていた枯葉を巻き上げる。ぼくはもう少し話が聞きたかったから、身震いするのを我慢した。

嶺二さんは電子タバコを充電ケースにしまうと、そっとひそめた声で訊ねる。

「率直にきくけど、君は優紀のことをどう思う？」

軽い言葉に、深い意図が埋められている。

軽々しく返せない質問に、ぼくの口は重たくなった。

「妻は、優紀のことを普通だと言う。だけどボクは普通に接しながらも、普通じゃないと認めなきゃいけないことがあると思っている。君は、どうかな」

「僕は……」

今度は突風が吹いた。庭中の枯葉をことごとく流し去るような強いやつだ。

言うべきことは、最初から決まっている。

「まだわかりません。でも、選択しなきゃいけなくなったら、僕はなんでも優紀に訊くと思います。なんでも二人で相談して決めていきたいんです」

やがて嶺二さんは、ボクの目をしっかりと見て言った。

「正直に言ってくれてありがとう。やっぱり君が来てくれて、ボクは嬉しいよ」

割り当てられたのは二階の物置部屋だった。

部屋にはイーゼルや、この冬の役目を終えた点滴台と心電計、さらに嶺二さんの昔使っていたドラムセットが置かれていて、かなり手狭だったが、優紀と同じ部屋にされるよりはずっとマシだろう。

敷布団を敷いたときには、ゆうに十二時を回っていた。ぼくは歯磨きをしようとリュックの中を探ったが、持ち運び用の歯ブラシを忘れてきたことに気づく。

ダウンを羽織り、できるだけ足音を殺して階段を下りていく。ほとんど電気は消えていたが、リビングにぼんやりと明かりが灯っているのを見た。

灯子さんがひとり、テーブルから、テレビの青白い光を見つめていた。

ぼくに気づくや否や、灯子さんは顔を向けて、どうしたの、と言う。

「歯ブラシを忘れてしまいまして」

「歯ブラシ……あったかしら。あるとしたら洗面所の下だけど」

「いえ、買ってきますので。近くにコンビニとかってあったりしますか」

「あるわ。玄関を左に出て、信号を二ついくとケロちゃんが置いてある薬局が見えるから、そこを右に曲がるとすぐ、右手にあるわ」

「左、右、右ですね」

「そう、左、右、右」

灯子さんの笑顔には疲れがにじんでいた。

「大丈夫ですか？」

「ええ、大丈夫。大したことじゃないの。ただ、ちょっと疲れちゃって」

「今日、かなり大変そうでしたよね」

「そうね、一大事だわ。でも大切な娘のパーティーですもの。これぐらい……」

灯子さんの視線は、アルミラックの木板の上に飾られた、一枚の絵に結ばれる。色鉛筆で描かれた、闇夜に浮かび上がる、一風変わったコンビニエンスストアの絵である。

灯台のように縦長の店舗に、マガジンラックやレジスター、駐車場の立て看板が書き込まれた不思議な絵。優紀の作品は全体的に暗いものが多いと思っていたけど、テレビの光を受けて闇から表れ出るその絵は、暗さに囲まれているからこそコンビニの光が際立って見える。

「うん。良い絵でしょ」

ぼくの視線を受けて、灯子さんが言った。

「あの子ね、それ、好きなのよ」

「コンビニがですか？」

「二十四時間ずっと起きているコンビニは、ひとりぼっちで夜道を歩く人を照らす、避難所みたいなものなんだって」

灯子さんは、不思議な子よね、と小さく笑った。

確かに闇の中に佇む絵のコンビニは、夜道を照らす灯台のようだ。

「あの子が絵を描くのは、寂しいとき。絵は、あの子が感じた寂しさの数よ。でも私はこの絵が好き」

ぼくも、この絵が好きだ。

構図の取り方とか、色使いや濃淡のうまさとか、コンセプト性とか、絵について詳しいことはわからない。でも、この絵からは、裏側が確かに見える。まさに岩戸優紀がこれを描いている様が。必死に呼吸しようとして、水面を目指して浮上するときのような切実なメッセージが。描かなきゃいけないっていう、確かさが。

「だから私もね、頑張らないと」

やがて頭をうつらうつらさせた灯子さんは、そのまま自分の腕と腕の狭間《はざま》に沈み込んだ。リビングの暖房はずっと前に切られていて、こもっていた暖かさも逃げていくばかりだ。ぼくは揺すって起こすわけにもいかず、別の椅子にかかっていた外用のジャケットを丸くなった背中にかぶせると、テレビを消す前に再び絵を見た。

（優紀はすごい）

そんな解像度の低い言葉しか出てこない自分が恥ずかしかった。

いや、違う。それが普通なんだ。

人の創作の奥行きを最初から理解できるはずない。

（そうか……嘘じゃなかったのか）

篤が作家という夢を誇らしく思ってくれることも、友海が執筆を応援してくれていることも、だから全部、嘘じゃなかったのだ。それを嘘にしていたのは、ぼく自身の怯え……挑むことへの恐れと、恥ずかしいと思う弱い心だ。

小説書くとか人に言いながら、守ってハードル下げていただけだった。

「だっせえな。僕は」

あえて口に出して、忍び足で玄関を出る。

左、右、右。頭の中で唱えながら歩いていくと、一つ目の信号を越えたあたりで、強烈な既視感に襲われる。目前には、夜の闇に溶けていく寸前のあやしい女性の後ろ姿がある。

ぼくはその人の背中を追って、あの煙がかった居酒屋から抜け出した。誰かに合わせることでしか息ができない自分から、一歩踏み出した。きっと彼女がいなければぼくは、自分の創作に向き合う葛藤のスタートラインにすら立てていなかった。

全部この人なんだ。

全部この人のおかげで、ぼくは今——。

「岩戸さん」

真夜中の市街に、声が響き渡る。艶めく黒髪をなびかせて、その女性は振り向く。

「なつき、くん……」

外着の上にコートを羽織りマフラーを巻いた優紀が、後ろめたそうに表情を陰らせる。

「外、出てたんですね」

みんなが寝静まるような時間だった。湿った道路沿いには、怖いくらいの静寂が立ち込めている。優紀の隣まで小走りで行くと、少し歩きませんか、と告げる。

優紀はマフラーの中に埋めた頭を、こくりと振った。

自転車優先の表示がある緑に塗られた道を、ぼくはできるだけゆっくりと歩いた。

「岩戸さん、消える予定、本当にあったんですね」

ぼくは無意識的に、敬語に戻っている自分に気づいた。けれどこちらの方がきっと、今は、違和感がない。

「どうして、言ってくれなかったんですか」

「……」

優紀は両手ともをポケットに突っ込み、腕を伸ばして底をぐっと押した。フェルトのコート全体が緊張して、きちきちと音を立てた。

「わかってるでしょ」

優紀は無責任にそう言った。

そう、わかっている。言えるはずがない。仮に説明するにしても、どう説明するというのだ。冬の間はずっと眠ってしまう特殊体質？　もしそう言われたら、ぼくは十中八九彼女の話を聞かなかった。そういう自分が目に見えている。

「それでも、言って欲しかったんです」

ぎち、と奥歯を噛み締める音がする。

「それとも……、僕のことはやっぱり、信じられませんか」

「そんなこと言ってないじゃん」

側溝から、二つの目がぎらりと光った。濃い色の毛をした猫がぴょんと道路に出て、ぼくのすぐ隣を通り過ぎていく。深入りせず、無関心でいられるうちに、取れるものは全部取って、そうやって何人も、優紀の横を通り過ぎて行ったのだ。

「じゃあどうして」

「だから私は君の幸せを願ったのよ」

「そんなの頼んでないです」

二人の声が静謐《せいひつ》な夜に響き渡り、猫がひゅんと路地の闇に吸い込まれる。

「願ったからどうなんですか。願ったから無視したんですか。何十年前の映画ですか。聞き飽きましたよ、そんな凡庸な自己犠牲。つまんないですって。誰かのためとか、そういう逃げ方しないでくださいよ」

何言ってんだよ、ぼくは。全然人のこと言えないぞ。

それでも、今は言うんだ。多分これが最後のチャンスだから。

ばささと立て続けに数羽カラスが飛び立って、電線がビイン、と揺れる。優紀は道幅いっぱいにぼくとの距離を取り、口をへの字に曲げてこっちを睨みつけた。

「え、じゃあ、どうすれば良かったの？　全部話して、これからもよろしくお願いしますって言えばよかったの？　君ってそんなに頼れる存在だったっけ。私のヒーローですか、そうですか。私はもう誰かを信じて裏切られるわけにはいかないの！」

「じゃあどうして僕を家に入れるよう不由美さんに言ったんですか」

反論がぴたりと止まった。美容室前のタバコ自販機の逆光で、輪郭を切り抜かれた優紀の闇に浮かぶ表情。降り注ぐ外灯の光を受けて、瞳をキラキラとうるませる。

「どうして僕に、寝ている岩戸さんのそばにいることを許したんですか」

「……」

ぼくは優紀の抱えているものの、一割も知らない。そしてこれからどれだけ努力しても、その割合が十になることは、ない。

それでも。

「岩戸さんの遅すぎる鼓動を聴いて、僕は引き返せなくなりました」

「……」

手を差し出した。優紀との距離は、二歩半ある。優紀が取ってくれなければ、それはただ宙に放り出されただけの間抜けな手だ。

首の筋肉が波打つように動いて、ごくり、と優紀は唾を飲んだ。口が一度、わずかに開かれ、その隙間から白い息が漏れ出る。

「でも、つらいかもよ」

やがて優紀は、咳《せき》をするようにそう呟いた。

「いいんです」

「私、一人になりたくないの」

「一緒にいます」

「大変かもよ」

「それでも、僕がそばにいます」

これまでの全てが嘘だったなら、これから始めればいい。そんな悠長なことが言っていられるのも、きっと今のうち。

「岩戸さん、僕と――」

喉を開いて、相手の目を見て、確実に、一文字ずつ、伝えた。

気づくと目の前には、コンビニエンスストアが佇んでいた。それは確かに優紀の描いた絵の通り、迷える人間を導く灯台のような温かな光を放っている。

その光に負けないくらい強く、優紀の手を握った。視界の悪い夜道でもう二度と離れ離れにならないよう、ぼくは優紀の体を必死につなぎ止めた。

手には小さなカンテラが一つ。ゆらめく炎はささやき声。
地図もなく、宿もなく、隣を歩いてくれるのは自分の影だけ。
そこは、わたしだけが置いていかれた時間。
わたしは闇の海に投げ出され、溺れるように息をして、泳ぐように
這いつくばる。抱えたカンテラの光を絶やさぬように、
闇を抜けるまでの時間を数える。
刻《とき》だけが解決すると知っていても、落ち着きのないこの体は
わたしをどこかへと運んでいる。
わたしは目覚めを待っている。
目覚めのときを迎えるために、わたしは遠い静寂の川を渡る。

三章　ひかり　599　11:32　新大阪行き

一

目を覚ますとカーテンが開いていて、初夏の陽光がぼくの額から胸にかけて照らした。まだ日は高くないのにじりじりと服の下に汗を浮かせ、ぼくはとっさに両手で顔を覆う。

突如、何かがベッドに乗り上げて、その重みで体が少し沈み込んだ。寝《ね》ぼけ眼《まなこ》をこすっていると、しがみついていた夏用布団がひっぺがされた。

ぼくは全てに抗うように目を閉じて体を丸める。枕元に散らばった耳栓を手探りして、また耳の穴に戻してやる。その行いに抗議するように、ベッドが激しく揺さぶられた。仕方なく目を開けると、ショートパンツにパーカー姿の岩戸優紀が、ベッドの上で飛び跳ねていた。

「あっ！」

ぼくが完全に目を開けると優紀は飛ぶのをやめて、ぼくの上に勢いをつけて倒れ込んだ。内臓をかけぬける衝撃に、胃がぎゅるりと動く。

「ああ、ゆき……」

ぼうっとしながら名前を呼ぶと、優紀は猫のようにじゃれて頭を擦り付け、

「やっと起きたわね」

と文字通り、猫撫《ねこな》で声《ごえ》でささやいた。

優紀の肩と首の間からは、二階のロフトから垂れた青いビニールシートが見えた。確か優紀は昨晩は絵を描くからと言って、ロフトのアトリエにこもっていたはずだ。

茫漠《ぼうばく》とした頭で考えて、その細い体の後ろに手を回してぐっと引き寄せるけれど、ふと、アラームの音が聴こえないことに気づき、焦りが背中をかけ上がった。

「今何時？」

優紀はすぐに答えない。ぼくは彼女の陰に入ったアナログ時計を見るために、ふんばって首を伸ばした。

「えっと……ひちじ、はん？」

ぼくはしかめ面を作った。

「まだ全然朝じゃん」

すると優紀は悪戯めいた顔をして、つまんなくて、と言う。

「今日、僕たち二限……十時半からだよ？」

昨晩は三時頃まで小説を書いていたので、アラームは九時半ぐらいに設定していたはずなのに。予定外の早起きだ。

「でも起きるの遅いのよ」

「優紀が早起きすぎるんだよ」

どこか遠くで、ピピピと音が鳴った。優紀は体を起こし、キッチンの方へと歩いていく。去年、消耗品だと思って百円均一で買ってきたキッチンタイマーは、まだ現役で活躍中だ。タイマーを止めると、優紀はなにやら鍋を握って、熱せられたお湯をシンクに放った。

「何つくってるの？」

「おんたま」

「朝ごはん？」

「そうしてもいいし、あれば使うと思って」

ぼくが洗面所に行っている間に、じゅうじゅうと焼ける音が聞こえ始める。部屋に戻ると、優紀がモーニングプレートを運んでいるところだった。

「いつも起こしてもらってるうえ、作ってもらってごめんね」

「好きでやってるから」

ほとんど優紀が準備してしまっていたため、ぼくは申し訳程度にグラスを二つ出し、牛乳パックを傾ける。

いただきます、という声が重なった。

カリカリに焼いたベーコン、半熟の目玉焼きが載ったトースト、ボウルに入ったオリーブオイルと塩のサラダ。

優紀は牛乳を一口飲むと、リモコンを手にとってニュースをつけた。モーニングショーは、近頃群発する地震の話題で持ちきりだった。滑舌のわるい地震学者によると、百年以内に日本列島は海底に沈むらしい。

「最近地震多すぎよね」

「そう？」

「このまま世界、終わっちゃったりして」

ぼくはトーストをかじった。まずは白身の部分から、黄身を傷つけないように、慎重にかじっていく。

「そのときはそのときだよ」

コメンテーター席に座る気象庁の職員が、昨夜世田谷《せたがや》区で震度五を記録したと伝えた。

「全然気づかなかった。食器とか大丈夫だった？」

「大丈夫だったよ」そう言って優紀はベーコンを食べかけたが「今朝見たけど」と慌てて付け加えた。

ぼくは黄身だけになったトーストを置いて、サラダを口に運ぶ。

「そういえば、髪、伸びたね」

横目に見る優紀のボブくらいの髪。半年前のおやすみの儀式の少し前、里帰りする前日、神保町《じんぼうちょう》の隠れ家へアサロンへ、一緒に切りに行ったことを思い出す。そのとき初めて、優紀が髪をばっさりベリーショートにする理由が、冬眠のさいに、床ずれを防ぐためだったということを知った。

「うん」

優紀はうなずいて、髪を指の腹で撫でた。陽光を浴びても透けることのない濃い黒の艶髪は、優紀が手を退《ど》かすと、するりと耳を伝って肩に落ちた。

「もっと長いのが好き？」

「そんなことないよ。どの髪型も好き」

「それはズル」

膝の上で遊ばせている手を握ってやると、優紀は花のような笑顔をつくった。

今年五月の引っ越しに伴い、少し広いロフト付きのワンルームに優紀の荷物もいくらか運び込んだ。優紀の下宿の契約更新がある来年三月までの二重生活。二階は彼女のアトリエと荷物置き場にし、一階に本棚とテーブル、そしてセミダブルのベッドを置いた。

ぼくは黄身の部分を一口で食べようと口を大きく開けたが、結局プレートにこぼれてしまった。パンの切れ端で皿の卵黄をすくいながら、ぼくは訊ねる。

「絵の進みはどう？」

ロフトのブルーシートを貼り付けた壁には、折りたたんだイーゼルと、五十号のカンバスが立てかけられていて、乾いていない画面に張り付かないよう四隅に打ち付けられた木片の上から、マチのある巨大な袋状のカバーがすっぽりと覆っている。すでに三年留年しているので退学にリーチをかけた状態のはずだが、優紀は知らんぷりして顔を背けた。

「優紀、あれコンクールに出すんだろ？ もっとちゃんと描いた方がいいんじゃないか。昨日だって遊んでばかりだったじゃないか」

「へえ〜。気にしてくれるんだ？」

優紀は悪戯っぽく笑って、パンの切れ端をかじった。

「でもね私はなつきくんと一緒にいられる時間は、いっぱい一緒にいたいから」

だから、今のままでいいんだ。

そう言ってもらえるのは嬉しいけれど、それと課題の制作をサボることとは違うと思う。

ぼくはそれ以上追及せずに、二人分の皿を片付け始めた。二枚のプレートにサラダボウルを重ねて、キッチンへ向かう最中だった。突如として足の裏に激痛が走った。想像を絶する痛みに、ぼくは膝から崩れ落ちそうになった。

「どうしたの！」

優紀が慌てて駆け寄った。なんとかプレートだけは床に置くことができたが、ボウルは滑り落ちて、残ったドレッシングを撒《ま》き散《ち》らしながら床をバウンドしていく。

足の裏を見ると、レゴブロックが食い込んでいた。フローリングとほとんど同じクリーム色の部品だったので、同化して見えたのだ。

ぼくはブロックを足から剝がして、よろよろとしながら立ち上がると、玄関にディスプレイされたミレニアム・ファルコン号のそばに置いた。箱も説明書もとっくに捨ててしまったので、今更どこの部品かなんてわからない。

「ごめん、なんか宇宙船の一部が床に落ちてたみたい」

「大丈夫？」

「うん。大丈夫。ただ玄関がオリーブオイルまみれになっただけ」

「ぞうきん持ってくるわ」

「自分でやるよ」

ずきずきした痛みを引きずりながら洗面台下の棚を見ていると、突如背中に柔らかな重みがのしかかった。二本の腕が下りてきて、マフラーのようにぼくの首に巻き付く。

「ねえ、かまって」

甘い声でささやく。

　ぼくは彼女の柔らかい頬にキスをして言った。

「玄関、拭いたらね」

「いいじゃん、あとでで」

　優紀はしがみついたまま離れなかった。ぼくはそのまま優紀をおんぶして、廊下を移動したあと、シンク下から雑巾を取り出す。

「今やらなきゃ」

　そして優しく優紀の腕を摑んで体から引き剝がすと、玄関を水拭きしてから洗い物へ向かった。

二

　半年前。

　新宿駅南口で待ち合わせ相手の姿を探していると、スマホが鳴った。篤から、忘年会の誘いだった。返信を棚上げし、人探しを再開する。

　再びスマホが鳴る。今度は探している相手から。

　書いてある通りに柱の方を見ると、そこにはぼくより少し背の低い男性が立っていて、バッグを持たない方の手をこちらに振っていた。がたいのいいその男性はスーツの上にトレンチコートを重ね、黒いマフラーを巻いている。

「久しぶりだね」

ハスキーなその声の主は、岩戸嶺二さんだった。

「お久しぶりです」

ぼくは周囲の目もはばからず、深々と、かつ長めに頭を下げた。

「あはは。そんな堅くならないでよ」

嶺二さんは腕時計に視線を落とした。まだ七時を回った頃だ。もうじき人通りがどっと増え、その多くは大通りのネオンに向かう。

滅多なことで居酒屋なんかに行かないぼくは、唯一うまいと知っている店を選んだ。赤々と書かれたタンジールという文字が、あの夜の情景とともに浮かび上がる。

「いい雰囲気だね」

のれんを潜った嶺二さんが言った。ぼくも続くと、すぐに無数のスパイスの香りが鼻《び》腔《こう》をくすぐる。

「実は昔、優紀さんに連れてきてもらったんです」

「ああ、だよね。そんな感じがした。あの子の店選びって、なぜか外れない」

そう言うと嶺二さんは、いっそう感慨深そうに店内を見回す。

席に着く。今回はカウンター席だ。

「とりあえずどうする。ビールかい」

「すみません、ビールはちょっと苦手で。ブドウサワーにします」

嶺二さんが軽く笑って、痺《しび》れキュウリと、エスニック・チャンジャも注文する。

しばらくはこの冬の寒さのことや大学のこと、そして書いている小説の話をした。

「そうかい。優紀のあの絵が」

「はい。それに比べて僕は恥ずかしいなって。……創作を恥ずかしいと思っていたことが、一番恥ずかしいなって。だから公募に出しました。自信はないんですけど」

つまみとお酒が運ばれてきて、ぼくと嶺二さんは慎《つつ》ましく乾杯をした。

「一歩踏み出した若者に」

嶺二さんの添えた言葉に、照れ臭くなって苦笑する。

「ところで、優紀さんは」

痺れキュウリを一口。この一年、優紀と刺激物の多い生活をしていたからか、もうかつてのような衝撃は得られなかった。舌が痛みに慣れてしまったらしい。

「元気だよ。灯子と不由美、二人のおかげでね」

嶺二さんはそう言って、ビールを一気に半分ぐらい飲んだ。

朝と晩の点滴と消毒。排尿、排便パウチの交換。体の洗浄。筋肉を萎縮させないための手足の体操。それが優紀が一日、健康に生きるために必要な処置だった。

その負担が、およそ百日以上も続く。

週に一度、看護師とリハビリの理学療法士を呼んで看《み》てもらっているらしいが、なにしろ、優紀の昏睡《こんすい》は、現状では四ヶ月で終わるものとされている。

かつて一度だけ眠り続けた中学二年から三年にかけての一年と五ヶ月間。後から申請して、その期間だけ一級の障害年金が下りたが、それも一時的なものだった。

今の優紀は、現在の医学上では健康そのものなのだ。

保険適用ができない。それはつまり、福祉制度からこぼれ落ちてしまったということ。世界に誇るとか言われる日本の医療でさえ、救えない人生は無数にある。だから二人はウィンター・ソルジャーになるしかなかった。

「でも、不由美さんは今年受験なんじゃ」

「誰より優紀のことを想っている子だ。ボクたちで分担するからと言ったんだけど、聞かなくて。気丈で、責任感がある子なんだ。時としてそれが問題なんだけどな」

嶺二さんはチャンジャを菜箸で皿に移してから、大きな塊を口に運んだ。

しまった。忠告すべきだったと遅れて気づく。

「うおっ。これはすごいな……」

嶺二さんはそう呟いて、ビールで一気に流し込んだ。あっという間にジョッキが空になる。

「優紀さんは本当に辛いもの好きですよね」

「そうだねあの子は。可哀想《かわいそう》なことに」

ぼくはサワーを一口飲んでから、嶺二さんを見た。

「どういうことですか」

「もう知っているとは思うけどあの子は、眠る前に心拍がだんだんと落ちていく。そのとき代謝も抑えられて、感覚が遠のいていく。ちろんそれらは二月に目覚めればほとんど元に戻るのだけどね。一つだけ戻らなかったものがあった」

何を言っているんだろうと、途中まで思っていた。だけど戻らなかったものが何かなんて、少し考えればわかるじゃないか。

話の隙間に、嶺二さんはハイボールを注文した。

「あの子の味覚は十三歳の冬に、おかしくなったきり二度と元には戻らなかった」

「……」

「その春も、灯子はたくさん料理を作った。ビーフシチューにイカ墨のスパゲッティー。タコのカルパッチョ。山盛りの裏漉《うらご》ししたマッシュポテト、ガーリックバゲット。でも、珍しく優紀はそのどれも食べたがらなかった。昼間にリハビリをしすぎて、食欲が湧かないのかと思ったけど、違った。優紀はどれも味がずれているって言ったんだ」

ハイボールを受け取ると、すぐにそれを三分の一ほど飲み干す。

「それからチキンラーメンを食べても、好物の水餃子《すいぎょうざ》を食べても、全部味がおかしいと言うんだ。おいしいけどまずい。水を甘く感じる。だから気持ちが悪い。食はどんどん細くなっていって、ボクらは耳鼻咽喉科に駆け込んだ。お医者さんは原因不明で様子を見るしかないと言ったけど、知り合いの管理栄養士さんが、食べられるようになるまで味付けを極端にしてみるといい、と言ったので試した。塩では塩分過多になると思ったから、最初は胡椒《こしょう》をたくさんかけた。その次はお酢。どちらもダメで、最後に行き着いたのが一味唐辛子だったよ」

ぼくは口に運びかけていたジョッキを、テーブルに戻した。そして上半身を捻って、背後を見た。この場所だ。ちょうどあのソファ席で、ぼくは彼女から聞いていたではないか。これは体質みたいなものだから、って。

「そういうことか……」

ぼくは小さく嚙み潰すように呟いた。

「でもなんであいつ……いえ、優紀さんは、言ってくれなかったんでしょうか」

「きっとそれは、あの子にとって特別なことじゃないから、じゃない？」

特別じゃない？　そんなわけない。

そんな言葉で済ませていいはずがない。

「僕に話しても、どうにもならないからですかね」

「というより、腕が二本生えている理由を、君が語らないのと同じなんだよ」

それが普通に生きるということなのか。

むしろ逆だ。普通に囚われているなら、味覚異常の理由を話したはずだ。彼女は今の状態を普通だと受け入れている。それはつまり自分が異常だと認めているってことだ。

「ちゃんと訊けばよかったです」

「どうだろう。それで話す子だったらいいのだけど。変に心配はされたくないものだよ」

心配しないわけないじゃないか。それじゃ二人でいる意味ないじゃないか。もっと彼女のことを理解したい。どんな問題でも優紀と一緒に乗り越えたい。

でも――彼女がいないこの冬を、ぼくはひとり、どうやって乗り越えればいい？　自分自身を律するために、ぼくはどう生きればいい？

「もっと、しっかりしないとダメですね、僕は」

「夏樹君、少し変わったね」

責任感を感じすぎてはダメだよ、と嶺二さんは続ける。

料理の第一陣が運ばれてきて、テーブルを埋めた。焼き物がメインだ。ぼくと嶺二さんは少しずつ取り分けて食べ始める。

「先月、社労士の人と話をしたんだ。もう何度目かになるが」

「社会保険労務士の略でしたっけ」

ヒレカツを一口食べて、漬物に箸を伸ばした嶺二さんが、こりこりと顎で音を立てながらうなずく。

「優紀は様々なお医者さんたちに診察を受けてきた。だけど誰も彼女の症状に、病名をつけることはできなかった。明らかに脳の問題だと思っていたから、脳外科や神経科ばかりを当たっていたんだけどね」

それは不由美からも聞いたことだ。

「去年の一月から二週間、藤原《ふじわら》内科というところに検査入院をしていたんだ」

「二週間って、結構な長さですね」

「うん。そこで明らかな昏睡が認められて、その原因が脳の活動にないとするなら、精神の病も疑っていくべきだ、って助言を受けた。藤原内科は精神科のクリニックでね」

「それで、どうなったんですか」

「まだわからない。でもボクたちは、障害者手帳を申請してみることにした」

強く握りすぎた箸が、いつのまにかぎりぎりと音を立てていた。眉が額の中心へと寄って、鼻の上に大きな硬いしこりでもできたようだった。

「灯子も、同意のもとだよ」

そう事実を突きつけられて、ぼくは、とても不思議な気持ちになった。嬉しいのか、それとも、もう後戻りできないということなのか。優紀がどんな存在になろうと、ぼくは彼女のそばにいたい。でも、その事実を優紀は受け入れられるだろうか。

いや、違う。問題はぼくだけの話でも、優紀だけの話でもない。問題なのは、その事実をぼくと優紀の二人が、うまく扱っていけるかということ。

「二十五年でやっと、ボクたちはここまで進んだ」

嶺二さんは誇らしそうな、気恥ずかしそうな、その間の顔をした。

ぼくは自分が厚かましいことを承知で、少し前のめりになって訊ねた。

「一つ教えてください」

「なんだい」

「もし優紀さんが納得して手帳を取得したとしたら……彼女の人生は変わりますか」

嶺二さんは目を閉じて、ゆっくりと首を横に振った。

「変わらない人生なんて、どこにもないさ」

嶺二さんと話したら、少しは君の成分を摂取できるかと期待したけれど、そんなことはやっぱりなかった。ぼくはひとり。でもこの寂しさは春に会えるときのためにある。

明け方、中途半端な時間に目が覚めて、部屋の寒さに震撼《しんかん》した。同時に、冬に取り残される空白感が襲ってくる。だからキッチン上の棚から段ボール箱を出して、二ダース分ストックしてある蒙古《もうこ》タンメンを食べた。

全身に消耗品の黒いタオルケットを巻いて、テーブルの明かりだけで麵をすする。この赤いカップに入った即席麵の方がまだ、優紀の成分を含んでいる気がした。

ああ、ぼくは君が長い夢へ旅立つのを見送る。その寝ぼけた顔に、これから毎年ずっと手を振っていくのだ。

けっして一緒の時間は過ごせない。

君はぼくを、冬に置き去りにするのだから。

翌朝、久しぶりに郵便受けを開いた。どさっと紙の山がなだれ落ちてくる。無数のチラシの中に茶封筒が紛れていた。選考委員会より、とある。ぼくは部屋へ持ち帰って、封筒をやぶいた。

三木俊樹《みきとしき》文学賞に入選。入選者には、選評の送付とQUOカード五千円分が謹呈されるらしい。

机に紙を置いて、深呼吸をした。

君がいない冬に、ぼくはまたひとつ大人になってしまった。

ふと、シングルベッドを見やる。ぼくは君が選んでくれたボタニカル柄のシーツを被せたベッドで今日も眠るのだろう。そして君が作った画集ばかりの本棚を背にして、君と一緒に観るはずのドラマ以外から明日観るものを決めるのだろう。

ここには型抜きのように、欠落した君の輪郭だけがくっきりと浮き上がって見える。待っているのはぼくだけじゃない。この部屋もまた、君の帰還を待ち望んでいる。

「だからさ、今年もちゃんと起きてよね、優紀」

大切なことなので、ちゃんと口に出しておく。

明けることのない冬を、目覚めない君の姿を、ぼくは幾度も想像してきた。そのたびに暴れ回る恐怖に、きっと大丈夫だと、麻酔を打ってきた。

想像力は、味方じゃない。

今触れられるものだけが君に対して地続きで。この部屋の空気も、朝日に浮き上がる塵《ちり》の一粒も、冷蔵庫の中に詰め込んだ一人用の作り置きも、毎晩告げるいただきますも、全部——君が戻る日のための供物なのだ。

ぼくはスマホを出して、誘われていた年末の飲み会へ行かないことを伝える。すぐに篤からどうして？　と返信が来る。ぼくは小説に集中したい、と返す。

もう二度と君を不安にさせないために、ぼくだけは間違えてはいけない。誇りを持って君を迎えるためには、揺るぎない『正しさ』が必要だ。

「入選なんかじゃだめだ。もっと大きく、認められないと」

今できることなんて書くことぐらい。だからそれを、誠実にやり切らないと。

ぼく自身の迷いや不安を蹂躙《じゅうりん》できるほどの、揺るぎない正しさを支えに。

三

視線が時計と前方とをたえず行き来していた。もう片方の手は、優紀の手首を引っ張っている。高架下の暗がりを抜けると、今まさに来た車両の風が背中に吸い付いた。

「ちょっと」

優紀の腕が、かすかに抵抗を示す。

「そんなこと言ったって、もう十時三十二分じゃないか」

脳裏に浮かぶ、作冬の嶺二さんとの会話。優紀を支えるという、ぼくの使命。

「わかってるけど」

駄々をこねるように頬を膨らませる優紀の顔を見ていると、自分がなぜこんなに急いでいるのかわからなくなる。

「僕じゃなくて、優紀の授業なんだよ。しっかりしなきゃ」

木曜は午後の三限からだ。二限にあるのは抽象画史という、優紀が昨年出席不足で落とし、再履修している授業だった。

「神崎教授は遅刻にうるさいんだろ？」

「あの人、あんなの、コンプラ違反よ」

「言ってる場合じゃない！　せっかく冬の間出なくても単位もらえるって話になったでしょ？」

ただし、前期と後期の出られる期間中は無遅刻無欠席が条件となった。

「ほら、もっとキビキビ歩く」

細くて、強く握れば折れそうな手首……、そう思っていたけれど、握ってみると案外丈夫で、引っ張るためにいくらでも力を込められた。

最初はそんなふうにできなかった。でも一年以上一緒にいれば、優紀のマイペースが彼女の進学に良い影響を与えていないことぐらいは気づくことができた。

ぼくがやらなきゃ。彼女のそばには今、ぼくしかいないのだ。

腕を引く力に振り返ると、優紀の顔が苦痛に歪んでいた。ぼくは慌てて手を離した。手首をさすりながら困惑の表情を浮かべる優紀のことを、「ユキちゃん」と、野太い声がどこからか呼んだ。ふいのことで、ぼくも驚きながら声の主を探る。

地下〇・五階というような位置にある、ラグビーボールやテニスのラケットで飾ったバー。店舗のシャッターを今まさに下ろそうとしていた巨漢の男性が、こちらに手を振っているように見えた。

「これから学校かい？　いってらっしゃい」

ぼくがぎょっとしている間に、優紀は社交的な笑み浮かべて男のそばに寄って行き、軽く挨拶を返して戻ってくる。

「今のって……」

「なんか覚えられちゃってて」

ぼくはそのスポーツバーらしき店を一瞥し、すぐに差し迫った問題を思い出す。青い信号が、黄色く変わるのが遠目に見えた。ぼくは優紀を促して小走りになる。ちょうど歩道を踏んだ瞬間、信号が赤く変わる。対岸までは短い距離だ。

気にせず行こうとしたぼくの腕を、優紀が引っ張った。

「危ないわ」

車が行き交い始め、ぼくは諦めた。大学はすぐ目の前だ。ここまでくれば、と思いたいが、美術学科棟はキャンパスの妙に奥まった位置にある。

腕時計を確認しかけた視線を、少しやつれた優紀の横顔に移す。夜、眠れていないのだろうか。今朝もぼくが目覚めたときにはもう朝食を作って待っていた。

「ん」

優紀が不思議そうに顔を向ける。何と言うか迷っていると、

「ああ、さっきの人？」

ぼくは曖昧にうなずいた。急いでいたので、あまり頭に残っていない。

「知り合い」

「どういう知り合い？」

「バイトしてたの」

気づくと、信号が青に変わっていた。ぼくはわざわざ芸術学部のキャンパス前まで優紀を連れていき、そこで手を離した。

「ありがとう！　間に合いそう！」

小走りになって手を振る優紀を見送り、ぼくは一旦コンビニに寄って昼食のおにぎりを買ってから、自分のキャンパスの裏門から入った。

三限からなのでまだ二時間半もある。よく見ればカラッとした秋晴れの清々《すがすが》しい朝だ。

図書館を目指して歩いていると、スーツ姿に身を包んだ男女が歩いているのが見え、数日前、スーツの青山《あおやま》からメールが届いていたのを思い出した。

ぼくは俯き、なるべく意識を向けないようにしたけれど、どういうわけか男女はこちらとの距離を詰めてくる。

やがてそれは、迂回《うかい》しようとしたぼくを呼び止めた。

「呼んでるのになんで気づかないんだよ」

篤と、その隣にいるのは、友海だった。ぼくは見慣れない二人のスーツ姿にやや臆しつつ、久しぶり、となるべく平気な感じで声をかける。

「久しぶり！　だいぶ久しぶりだね。元気だった？」

友海がはにかんだ。腿にぴったりとくっついたタイトスカートと、ツーボタンのジャケットを着ているだけで、別の人間のように見える。

「どうしたの、そんなに驚いた顔して」

友海が不思議そうな顔で訊く。その悪意のない笑みを横から篤がさらって、ぼくに隠すように掌をかざして耳打ちをする。

やがて友海が急にこちらに向き直って、ごめん！　と言った。何を謝られたのかわからないぼくは、二人を代わる代わる見るしかない。

「ほら、一年のとき」

ジャケットの前を全開にしている篤が言った。

「俺ら、付き合ってたの言ってなかっただろ？　あれ、悪かったなと思って」

「あたしはね！　なんとなく、ばれると思ってたの。それに、あのときはすぐ別れるかもしれないって、思ってたし……」

そう補足する友海の顔が、うっすら赤く染まる。そこへ篤が「なんでだよ」と言って砕けた笑いを向け、彼女の脇腹を肘で小突いた。

二人があの家飲みのあとどうなったか、ぼくは知らなかった。去年だってそんな話題は一切なかった。

「だから次会ったときは、真っ先に伝えようと思ったんだよ、お前に」

妙に改まった口調。

「俺たち」

「あたしたち」

言葉が重なり、二人はお互い顔を見合わせて笑う。行動が一致するほどに、二人にとってはおかしいらしかった。

「今はうまくいってるんだ」

篤が総括するようにそう言った。

ぼくは何度かうなずき、そうだろうと思ったよ、と返した。

ひさびさの再会に食堂で話すことになり、友海と隣同士で座った篤の正面にぼくが座る。

「なんか久しぶりだね」

友海がカップケーキをかじりながら言った。

「こうして話すの。一年のとき以来じゃない？」

「確かに。二年のときって、あんまり会わなかったよな、俺ら」

そう？　とぼくは窓の方を見ながら返す。男が野外テーブルの上に片膝をついて、アコースティックギターを弾きながら、ノートに忙《せわ》しなく何かを書きつけている。

作曲でもしているのだろうか。

「なんだかんだ忙しかったよね、みんな。あたしはサークル忙しかったし、篤は教員免許でしょ？」

友海はGTRの部長にまで上り詰め、篤は福祉の道に進まず、すぐにやめると思っていた教員資格の授業を今に至るまでとり続けているらしかった。

「課題とかしんどいけど、人と関われる仕事だから、俺は大丈夫だと思ってる」

「そっかそっか」

友海が何度かうなずいて空いている篤の左手を握ると、篤も握り返した。

野外の男はギターを抱えてちょっと弾くと、尻に挟んだノートがぴらぴらと勢いよくめくれて、ペンが転がり落ちた。男はそれを拾って、再び書き込む。

二人に目を戻す。全く同じ色調に統一された服装が、二人をぐんと成長させて見えた。

「小説、書いてるんだよね」

ぼくは厳冬社《げんとうしゃ》の幻想文学賞に、夏の間に書いた長編作品を応募したことを話した。

「なんだよ、書いてたなら、見せてくれればよかったのに」

篤が大きく伸びをしながら言った。パキパキと背中が鳴り、椅子同士がぶつかるぐらい体が反る。

「なつきは小説家志望？」

「そうだよ」

ぼくは深くうなずいた。

「そっか、すごいよ」

友海の屈託のない笑みが、ぼんやりとした照明が照らす食堂で、眩しかった。

「やっぱり書き続けている人には敵《かな》わないなぁ」

ぼくは白くざらついたテーブルの上に視線を這わせる。

今ならその「すごい」も、「敵わない」も十割の本心で、かつ十割自分と別の世界に住む人間を隔てるための壁なのだということがわかる。だからこそぼくも心から言える。

「そうやってちゃんと就活に向き合ってる二人の方こそ、すごいよ」

二年前、ぼくたちは大学生という匿名の若者だった。お互いが突出することなく、お互いの成長に怯える心配のない、友達という薄皮に守られた、ただの集団だった。

でも今は違う。

敬意の手綱を握って、集団から自分を切り離すときが来たのだ。

「なれるかどうかなんてわからないけど、他に夢もないからさ。今はそれをすることが正しいことなんだって。今はそう思ってる」

篤が目を見開いて、感慨深くぼくの顔を見る。

ぼくはまた、窓の外を見た。ギター男はいなくなっていた。テーブルの溝にはノートが挟まっていて、今なおビル風にページをばたつかせている。

「セミナーか何か？」

「おう。別々のだけどな。三限終わったら途中まで一緒に行くんだ」

篤は教育実習、友海は音楽出版社の講習会らしい。

篤がトイレに立った。聞きたくもないのに、でかいのが来た、と言い残して。

篤がいなくなると、騒然としていたはずの食堂が、急に静かになった気がした。ぼくは改めてスーツに身を包んだ、これまでの印象とかけ離れた友海と相対する。

「なんか、だいぶ雰囲気出たね」

「それ褒めてる？」

「褒めてるよ」

「なら嬉しい」

友海は自然な感じで微笑み、ぼくもつられて笑う。次第に窓の外も気にならなくなる。

「あのさ、なつきは、元気にやってる？」

「どういう意味さ」

「ほら、一緒に、住んでるんでしょ。沙織から聞いたんだけど」

「まあ……」

「あのね、あたし言わなきゃいけないことがあるの」

友海は一旦視線を膝の上に落としたが、すぐにぼくの目を覗き込んで、

「あのとき、岩戸さんに会いに行くのを、止めてごめん」

そう言って、座ったまま額がテーブルに付くほどに、深々と頭を下げる。ぼくは何がなんだかわからず、声を上げて謝罪を拒んだ。

「あたしに、兄貴がいること話したよね」

ぼくはうなずいた。確か、ずっと昔に大学をやめたとか。

「兄貴ね、やっと通い出したんだ、専門学校」

「よかったじゃないか」

友海は首を横に振った。それから、意を決したように続けた。

「兄貴は春人《はると》っていうんだけど、隣の、芸術学部の映画学科に通ってたの。私より四つ上の代で、GTRだった。あの頃はまだ映像いっぱい作ってたみたいで、兄貴は、次期代表だって言われてたんだけど」

「お兄さんが芸術学部に？」

「うん。そこで、岩戸さんと出会ってたの」

　あくまで伝聞よ、と念を押すように付け加える。

　ぼくは話の先行きが思い描けず、気づくと親指の爪をかじっていた。

「岩戸さんの事情、実は、あたし知ってたの。兄貴から聞いてたから……。大変な事情じゃない。兄貴はね、当時、二学年後輩だった岩戸さんのことを好きになった。同じ芸術家肌で、コメディ映画好きで、話が合ったみたい」

　確かに優紀はコメディ映画に限らず、お笑いの類全般が好きだ。ぼくは脳裏に、映画館で涙を流しながら笑う優紀の横顔を思い浮かべた。

「それで二人は仲良くなって、悩みを分かち合って、付き合って。映画の中で岩戸さんの絵とコラボしたりして、上手くやってたの。でもあるとき、岩戸さんいなくなっちゃって」

「冬眠……」

「冬眠、確かにそう。まさにそれ！」

　友海はやっとしっくりとはまる表現を得たように、何度もうなずいた。

「それで兄貴は岩戸さんを追いかけた。名古屋の……実家まで行ったのよ。そこで眠っている岩戸さんを見てしまった」

　言葉がなかった。

　ぼくは岩戸優紀の、唯一ではなかったのだ。

だけど思えば、不由美さんの言葉には含みがあった。灯子さんがあれほど〝普通の恋人〟を望んでいたのも、その範疇を逸脱した〝前例〟があったからだとしたら——。

「兄貴は約束をしていたのよ。岩戸さんをずっと守るって。中学生男子みたい。バカげてるでしょ。でも付き合うっていうのはそういうことだって、本気で言うような馬鹿兄貴だったから」

でも、それは間違ってる。ぼくは思った。そんなのは優紀を枠にはめているだけだ。

友海は眉を悩ましげに寄せる。

「兄貴は岩戸さんが眠ってる間、ずっと世話をすると言い出したの。ありえないでしょ。でもそう言ったのよ。そこでうんと言う岩戸さんもおかしい。だって、わかってたはずなのに。そんなことを求めてどうなるかぐらい。なのに断らなかった」

優紀が悪いんじゃない。悪いのは優紀を壊れ物みたいに扱って、ヒーローを気取っていた春人さんじゃないか。

ぼくは生唾を飲んだ。ねちゃ、と舌の上に唾液が糸を引いた。

「兄は大学をやめたのよ」

友海がちらりと視線をくれる。その目はきっと、『馬鹿兄貴』に向ける視線そのものだった。ぼくは、はっとなった。これまで友海が優紀に向けてきた隔意は、ぼくを気にかけてたんじゃなくて、兄とぼくを重ねていたからだ。

これまでの彼女の行動に、諸々《もろもろ》の辻褄《つじつま》が追いついたみたいだった。

「そのあとは……？」

「大学をやめた兄貴が、知らない女の人の実家に泊まり込んでる、事情なんて知らないあたしにはただ、そう見えてた。でもね、それだけならよかった。兄貴は大学の勉強もサークルの友達も、趣味も、全部を捨てて岩戸さんに尽くしたの。そこからおかしくなった。兄貴は岩戸さんに付き纏うようになって、それで、向こうのご家族からうちに電話があって、もう会わないでほしい、って。それでうちの両親は兄貴を家に閉じ込めた。魔法が、解けるまで——」

——優紀は昔、人を傷つけた。

嶺二さんの言葉が思い起こされる。あれは春人さんのことだったということか。

頭上で回る巨大な換気扇の音が、だんだんと大きくなって聞こえる。

このときの友海の表情を、ぼくはほとんど覚えていない。

「それで、魔法は、解けたの？」

「たぶん。さすがにもう会ってないと思う」

友海が深いため息をついたので、ぼくもやっとため息をつくことを許された。ずっとそんな空気だった。

「だから——」

「なんの話？」

いつのまにか篤が、お盆に三つの湯呑みを置いて、持ってきていた。友海はなんでも、と言って危うげなく取り繕うと、ぼくに目配せをした。

「だから不安だったんだけど……今はもう、応援してるから！」

「だからなんの話だよ」

「篤には関係ないこと」

「え、彼氏に対して秘密主義？　うわ、かんじわりー」

篤は友海の前に置いた湯呑みを自分の方に引き寄せた。すかさず友海が腕っぷしで反抗する。

二十分くらい話して、ぼくは二人に別れを言って席を立った。食堂を出て少し歩いて、二人が視界から消えたことを確認すると、ぼくはひとり呼吸を落ち着けた。

今更、何を動揺している？　優紀が他の男の人と付き合っていたことなんて、最初からわかっていたことじゃないか。

それ以上は考えないようにして、ぼくは図書館へと急いだ。

四

会場の門をくぐると、唐辛子やスパイスの匂いが漂ってきて、すぐにそこが別世界であることがわかった。今夜の天気予報は曇り空、ところによると雨であるというのに、人気の衰えを知らない。歌舞伎町で毎年秋に行われる激辛グルメ祭りの最終日である。落ちた陽の名残が空を青く染めており、会場は無数のギラつく照明で四方八方から照らされていた。少女のようにはしゃぐ優紀が、ぼくの手を引っ張る。

「前にも来たことあるの？」

「ううん、初めて！　一緒に来る人いなくて」

「霜木さんとかは？」

「えなちゃんは、辛いものだけは苦手なのよね」

まるでぼくが辛いものが得意であるような言い草だ。そういえば、近頃霜木さんと連絡を取っていない。編集者志望と言っていたけれど、無事就職できたのだろうか。それに優紀の言い方が少し気になった。

「だけ、っていうのは」

「あの子、いろいろ付き合ってくれるのよ。自分じゃ興味もないくせに。ルミネｔｈｅ

よしもととか、美術展とか、真夜中キャンプとか」

話しているうちに、チケット販売所の前へと着いた。どうやらここで、どの店でも使える汎用食券を購入するようだ。ぼくは会話を中断して、優紀に枚数を確認した。十枚。そんなに？　ぼくは辟易しながら財布から五千円札を取り出す。

「待って、真夜中キャンプ……？」

しれっとして、普通だけど、という顔をする優紀。なにそれ、とぼくは訊いた。

「別に？　文字通りよ。ただ深夜に公園とかでキャンプするの。折りたたみコンロとかで、マシュマロ焼いたり、ホットサンド作ったり」

「そんなことする人──」

見たことない、と言おうとして、実際に、見ていたことに気づく。ちょうど二年ぐらい前。半円ステージで、霜木さんが作っていたではないか。優紀の影響だったらしい。

「でも、なんでそんなことするんだよ」

ぼくが訊くと、優紀はううん、と首を捻って、少し考え、

「お腹すくから？」

優紀がそう答えた直後に、切り取り線でつながった真っ赤なチケットと、スタンプビンゴ付きのパンフレットを受け取る。列から離れてパンフレットを開いた。幾重にもなった二人の薄い影が、紙の上で混じり合った。

「うーん、どこから行こっか」

トーナメントを勝ち抜いた都内の激辛で有名な十三軒が集結しているらしい。店名リストの中にはタンジールの名前もあった。

優紀は髪をかき上げて、パンフレットに顔を寄せる。九月に入り、学科主任でもある神崎教授と相談して、優紀の帰宅日時が決まった。セミロングぐらいになった髪は、帰る前に切りにいかなければならない。

空の赤さが急速に失われていく。夜が深まるにつれて君は美しくなる。ぼくはもうじき失われるその十数センチの時間の積み重ねに、手を伸ばそうとする。

「なつきくんも一緒に考えてよ」

「うん」

「また髪を見てたの？」

優紀は呆れたように言った。手を引っ込めるけれど弁解の隙もなく、優紀はちょっと賤《いや》しむようにぼくを見る。

「男の子って長い髪好きよねえ」

手の甲で払って、ひらりと髪を散らす。目の前にいる女の子が、雑誌のモデルか何かに見えてくる。恐ろしいほど完成された顔のパーツと、恵まれた肢体。優紀がもし、冬眠なんてすることがなかったなら、きっとそばにいるのはぼくなんかじゃ——。

「いや、違うそうじゃない。僕はどんな優紀でも好きだよ」

その言葉に偽りはなかった。ぼくは覚悟を持っている。だから他の誰かを好きになることなんてあり得ない。

「ほんとう？」

優紀は体を少し傾けて、悪戯っぽく笑う。

「私が寝たきりになっちゃっても、好きでいてくれる？」

ぼくは、優紀のハンデにつけ込んで取り入るような、そんな人間とは違う。

でも、もし優紀に今まで以上の症状が表れたら？　十年前のように一年半近く眠り続けることになったら？　あるいは味覚が戻らなかったように、何かもっと大切な感覚が戻らなかったら――。

「寝たきりになる予定とか、あるんですか」

臆して声が小さかったのかもしれない。優紀はぼくの目を見たまま、惚けたように口を開けている。もう一度口に出すようなことじゃない。

「あ、あの」

ぼくは優紀のぼうっと揺らぐ瞳に訴えた。

「え、なんて言った？」

優紀ははっとした顔を見せ、問いかけた。ぼくは、なんでもないです、と返す。

唐辛子専門店や台湾料理、モロッコ料理などが軒を連ねる中で、最初に向かったのはネパール料理の『テンジン・シェルパ』という店だった。

ずらりと並んだボックス型の仮設調理場から、次々と料理が手渡されていく。どこも長蛇の列ができているが、テンジン・シェルパは比較的客が少ない。チケットを二枚渡すと、褐色の肌をした男が、プラスチックのお椀にグリーンカレーをよそい、激辛ソーセージを盛り付ける。

ぼくたちはテント席の一角に腰を下ろした。

「カレーにピーマンって、なんか激辛のくせに牧歌的だね」

「これピーマンじゃなくて、青唐辛子だよ」

優しい緑色をしたカレーに浮かぶ大振りの緑唐辛子を見て、ぼくは戦慄をおぼえた。

「優紀、味覚のことだけど」

「知ってる。お父さんから聞いたんでしょ」

「うん……」

ぼくが少し俯くと、優紀はぼくの頭を人差し指でつついた。ぼくが顔を上げたところに、優紀は真っ赤な粉のかかったソーセージを突っ込む。

意外に美味しい。そう感想を口にしようと思ったその瞬間、喉の奥で発火した熱さが口の中で一気に燃え広がり、ぼくはしばらく過呼吸のようになった。

「趣味じゃなくて体質だって言ったでしょ」

優紀はライスやナンもなしに、グリーンカレーを黙々と食べ始める。

「あれは嘘よ」

ぼくは早々に空っぽになったコップの底を眺める。

「本当は辛いもの好きになったの。だってそうでしょ。好きにならないと、私、これからずっとおかしい味覚のまま生きていかないといけないのよ」

優紀のスプーンは滞りなく口と器とを往復し、青唐辛子さえ躊躇《ちゅうちょ》なく口へと運んだ。

「だから、好きになっちゃった」

優紀が微笑んだ。きっと今は、本当に好きなのだろう。でもぼくは、あれがただの照れ隠しだったとは思えなかった。

グリーンカレーはほとんど優紀の腹に収まったというのに、額には汗の一つもない。その上、なんだか物足りなそうな顔さえしている。

「なんかこれ、ちょっと、味薄いね」

「そんなことある？」

「うん。食べてみて」

優紀は容器の底にたまったカレーの残りを掬《すく》いとって、ぼくの口へと運ぶ。

ソーセージを半分ほど食べて油断していたぼくに不意打ちが走る。その一口で全身から汗が噴き出して、ぼくは口を全開にして顔を歪ませた。

「どうしたのよ」

「辛いって」

「ほんとうに？」

「これが嘘に見える？」

ぼくは優紀のまだたっぷり余ったコップを奪って飲み干した。優紀は残りのソーセージを食べ切って、席を立とうとした。けれど腰を抜かしたまま後傾し、椅子から滑り落ちそうになった。そして自分でも何が起こったのかわかっていないような顔で、背中を受け止めたぼくを不思議そうに見上げる。

「……大丈夫？」

ぼくは一旦優紀を座らせ、その眼を覗き込んで訊ねた。

うん、と優紀はうなずいて、手から転がり落ちた空の皿を拾い始める。

「ちょっと脱水かも。喉渇いちゃった」

そういえば優紀はあんな辛いものを食べるくせに、食事中あまり水を飲まない。思い当たる節は一つ。味覚《これ》が狂っていて、無味のはずの水を変な味に感じてしまうからだ。

彼女にとって、食事は戦いだった。おかしくなってしまった自分を認めるための入り口なのだ。

「ごめん、僕が飲んじゃったから」

　ぼくは優紀のそばにそっと付き添いながら、先ほどの店で二人分のチャイを買い、プラスチックコップ片手に次の店を探した。

　うま辛手羽先に台湾まぜそば、麻婆豆腐と食べ進めていって、チケットは順調に減っていった。人の数も少し落ち着き始めた頃、前調べで一番注目していた、池袋のインド料理店『サマラン』の列へと加わる。仮設店舗なので店構えは大差ないが、店頭には千羽鶴のように紐で結ばれた無数の唐辛子が吊るされていた。

「『日本一辛いカレー』を一つ」

　チケットを渡して、あまりに直球なネーミングの一品を受け取る。その瞬間から、手と顔の距離を伝う確かなラスボス感がぼくを打ちのめした。

　待ちきれない様子で、席に着くと同時に食べ始めた優紀は、浮かない顔を一転させる。スプーンが上下するたびに、涙を流させるような刺激臭がこちらまで漂ってくる。

「うわっ。ブートジョロキア使用。唐辛子の四百倍の辛さだって。辛くないの？」

　優紀は首を横に振った。今度のは当たりだったらしく、まるで牛丼をかきこむような勢いで真っ赤などろりとしたカレーを口に運んでいく。美味しい？　と訊くと、優紀は無邪気な笑顔を浮かべて、美味しい、と言った。

「あのね」

半分ほど食べたところで、優紀はスプーンを置いてぼくを見た。

「私、あなたが本当に好きでいてくれているか、わからなかったの」

突然の告白に、ぼくはなすすべもなく閉口した。

「待って、そんな顔しないで。昔の話よ」

「昔っていつだよ」

「去年の、いつだろう、とにかく去年のいつぐらいかまでは」

優紀は後ろめたそうに、視線を一旦ぼくの背後に逃して、そして戻した。熱のこもった眼差《まなざ》しだった。

ぼくは組んでいた足を解いて、両腿をぴったりと椅子に貼り付ける。

「でも、今は違う。あなたはたくさん悩んでくれた。二人が壊れないくらいの、距離感で。だから、だからずっと好きでいようって決めたの」

その言葉を、ぼくは最初からずっと待っていた。待っていたからこそ、どこか現実に思えなくて呆然としている自分がいる。

それくらい、ぼくはやっぱりこの人が好きなのだ。

「なつきくん、あなたが好きよ。ずっと一緒にいてね」

頭上を通過しそうになる優紀の言葉を、なんとか捕まえて呑み込むと、ぼくは慌ててうなずいたのだった。

新宿駅京王新線《けいおうしんせん》のホームに入ったときには、停車まで時間がまだ少しあった。ぼくたちはベンチに座り込み、時折頭上の電光掲示板に視線を流しながら、今日のデートについて語り合っていた。

「結局なつきくん、ほとんど食べてないよ」

優紀がちょっと頬を膨らせ、叱責するように言った。

「無理言わないでよ。僕の舌は普通の舌なんだ」

「私だって普通よ。ちょっと味に鈍感なだけの」

「今日はちょっとどころじゃなかったよ。最後のやつなんて、人の食べるものじゃなかったって……」

優紀はおもむろにスマホを取り出して、動画を再生した。『日本一辛いカレー』を一口挑戦して悶《もだ》え苦《くる》しむぼくの姿が映っている。

「わかったからもうしまって。電車来るよ」

新宿駅にしては、ホームの人の数は少ない方だった。ぼくたちは運良く、最前に並んだ。優紀が帰るまで、あと何度デートできるだろう。頭の中にカレンダーを思い浮かべていたぼくのそでを優紀が引いた。

「喉渇いちゃった」

物欲しそうに上目遣いで言う。

「もうくるよ」

頭上からアナウンスが降った。到着を知らされ、遠くに煌《きらめ》く二つのヘッドライトを見ると、少しソワソワした心持ちになる。しかし優紀は駄々をこねるように、あざとい上目遣いを作った。

「もう、仕方ないなぁ」

「リアルゴールド。なかったら酸っぱい炭酸系ね」

「はいはい」

ぼくは振り返り、自販機の方へ駆け足をした。プラスチックケースの中に黄色い瓶を探すけれど、見当たらない。炭酸、炭酸……。頭に浮かべながら、財布を取り出すと、ちょうどそのとき、背後でブゥン、と空気がうねった。早くしないと、電車がきてしまう。

「ねえ優紀、炭酸がない」

ぼくは焦って、百円玉を投入口に押し込もうとする。しかし手元が滑ってしまった。縦長の穴に弾かれたコインはぼくの手をすり抜けて、足下を跳ね回る。

「なあ、どうしよう」

カキン、と靴の裏で踏んづけ、コインを捕獲する。

視界の端に、優紀の背中と近づく列車が見えた。

――好きにならないと、私、これからずっとおかしい味覚のまま生きていかないといけないのよ。

そのときふいに、優紀の言葉が脳裏を走った。優紀にとって、食事は戦いだ。生きていくために、好きを選んだのではなく、好きを選ばされた。だけど、今日のは少し度を越してはいなかったか。げんに激辛カレーを食べてからぼくは、腹部に鈍痛がある。

優紀は平気などころか、味が薄いとまで言った。

さすがにそれは、おかしくないか。

「おーい？」

優紀の背中がちょっと小さくなった気がした。気のせいかと思ったが、ぞくり、と悪寒が背筋を駆け上がって、ぼくは気づいた。長い髪が風に持ち上げられ、かかとが浮き上がり、頭が線路側に沈んでいた。

「優紀！」

ぼくは財布を投げ捨てて走り出した。

線路に吸い込まれていく優紀に手を伸ばす。しかしその直後、列車の放つ光が、視界の右側を埋めた。

五

薄暗いその通路には一定の間隔で、機械のささやきのようなアラームが聞こえている。それ以外はほとんど無音で、ぼくは息をする音さえ抑えて壁際の椅子に座っていた。

そこにエレベーターの音が舞い込む。忙しなく床を叩く足音を引き連れて、ギターケースを背負った不由美が大股で歩いてきた。そして処置室に駐在する看護師の目など気にも留めず、ギターケースを投げ捨てぼくの胸元に摑みかかった。ケースは落ちた地点から少し滑っていき、消火器にぶつかって動きを止める。

「おい！」

乱暴な声と視線が突き刺さった。ぼくは首を持ち上げて、眉を歪ませる不由美の表情から視線を逸らすまいとした。

「ごめん」

「ごめんじゃないですよ……」

首元から、手の震えが伝わってくる。そのたびに引っ張り上げる力は強まって、息苦しさも増した。

「あなた、なんのために、姉のそばにいるんですか」

「ぼくの責任だ」

「そんなのは、当たり前なんですよ。姉に悪いところなんて、一つもないんですよ……。ただ姉は、そういう星のもとに生まれたという、それだけで……」

不由美は手を離して、一、二歩下がると、一転して氷のような無表情を貼り付けて、冷たい視線でぼくを見下ろす。

「脆弱《ぜいじゃく》な姉を補う。補強する。それがあなたの役目でしょうが」

唐突に、怒りが湧いた。不由美の怒りがもっともだということはわかっていたが、それでもどこか、ぼくを通して、優紀が馬鹿にされたような気がしたのだ。

「役目ってなんだよ。ぼくは役目のために付き合ってるんじゃない」

「役目があるだけ幸せなくせに！」

不由美の轟《とどろ》く声が、通路中に反響した。処置室から驚いた看護師が出てきて、大丈夫ですかと、声をかける。でもそれはぼくらが一番訊きたいことだった。閉ざされた扉の向こうにいる優紀が今、笑っているのか、それとも――。

そのとき、扉が開いた。漏れ出す光の中から、胸ポケットにペンを差し丸眼鏡をかけた初老の白衣の男性が顔を出し、どうぞ中へ、と二人を招く。そこには、ストレッチャーに寝かせられて毛布を被せられた優紀がいた。

「優紀！」

「お姉ちゃん！」

ぼくたちは真逆の方向から、枕に沈む優紀の頭にピタリと寄り添った。優紀は後頭部にガーゼを押し当てていて、包帯で留めていた。意識ははっきりとしていて、二人を交互に見てきょとんとした顔をした。

「不由美じゃない。どうしたの？」

「どうしたのじゃないわよ！　なつきさんから連絡もらって飛んできたの」

「でももう終電間に合わないんじゃない？」

「そんなことはどうでもいい！」

昂る不由美を付き添いの看護師が制止する。優紀は、東京で一人暮らしを始めてまだ半月の妹に、姉らしい優しげな視線を送ると、今度はぼくの方へ首を回した。

「ごめんね。ちょっとふらついちゃって」

「僕こそ、ごめん……」

優紀は首を横に振った。すると看護師が、頭はなるべく動かさないで、と忠告した。

「そちらは、ご家族ですか」

自分を指されたのだとわかった不由美はうなずいて、妹です、と答える。すると、男性医師はハッとした顔を見せて、

「あのときお腹にいたのはあなたでしたか。ずいぶん大きくなられて」

と、微笑ましそうに言った。不由美は無表情のまま医師を見つめていたが、やがて緊張がほぐれて、初めまして、と言った。

「天野《あまの》先生ですよね……？」

「そうです。天野です」

「そっか、不由美は会ったことないのか」

枕に後頭部を貼り付けたまま、優紀が言った。

「もう二十年前ぐらいになるかな。日本じゅうの病院を回って、検査してもらっても異常なくて、最後に行きついたのが天野先生だったの。天野先生だけは私の症状に興味を持ってくださって」

それ以来、優紀の東京でのかかりつけ医になったそうだ。たしかに優紀のスマホにある緊急連絡先を表示するアプリに、この人の名前も入っていた覚えがある。

「興味といいますか、実際にありえないことではない、と考えただけです。ただし現代医療では病名をつけることもできないし、モデルケースもない。唯一の事例です」

天野先生は悩ましそうに眉を寄せ、姉妹を比べるように流し見ると、マスクごしに手を当てて、タンの絡んだ咳払いを一つした。ストレッチャーを入れている診察室は椅子が一つしかなく、そこには不由美が座った。

「お姉さんは打撲による脳震盪《のうしんとう》と思われます」

天野先生はCTの画像を、縦向きに改造されたパソコンモニターに表示させた。輪切りにされた優紀の脳があらわになる。

「連絡を受けたときは鉄道に接触したと聞きましたが」

「ええ、それで危ないと思って、とっさに引っ張って」

「おそらく接触はしていません。擦り傷なんかはありませんでしたし。脳震盪の原因は、後頭部の強打ですね。それ以外はとくに問題は……ありませんね」

先生が画像の、色の濃い部分を指さして言った。

あのとき、ぼくは線路の中に落ちようとしていた優紀の腕を掴み、本気で、思い切り引っ張った。そのせいで勢い余ってぼくは倒れ、優紀も一緒に引き連れて倒れさせてしまったのだ。最後まで手を離さなかったから、優紀の頭は駅のホームの地面に激突するはめになった。

そして彼女は二分間ほど意識を失っていた。

「意識障害があったと聞いていますが、一時的なものでしょう。救急車の中ではとくに問題なく会話できていたようですし。大丈夫。まあ、そう信じたいですけど、もし万が一の場合後遺症が残ることもありますので、検査入院を推奨します」

不由美がぼくにじっと、ひややかな視線を寄せている。

「それってどれぐらいですか」

「三日をみてもらえれば」

　優紀の質問に、天野先生が素早く答える。

「先生、あの……」

　不由美の眉がねじ曲がるのが横目に入った。やっぱり、これは出しゃばりか。しかしぼくが質問を取り下げるより前に、なんでしょう、と天野先生が返した。

「どうして優紀はふらついたんでしょう。今思えば、今日は感覚が鈍っているように見えることが、いくつかあったと思います。でも冬眠までまだ一ヶ月あるはずですよね」

　すると先生は額にしわを作って、難しい表情になった。

「冬眠……。そうですね。彼女が冬にだけ眠るメカニズムは、医学ではまだ解明されていません。ですから、ここから言うことはあくまで憶測ですが」

　そう前置きすると、先生はCT画像をじっと見ながら言った。

「通常の睡眠導入は、深部体温が低下することが一因となります。それが優紀さんの睡眠にも当てはまるとしたら、一昨年、去年と続く最大寒波が、優紀さんの体のリズムに影響した、という可能性もあります」

　寒くなったから、冬眠時期が早まった？　胸にストンと落ちる爽快感がある反面、先生の言葉の、なにかが引っかかった。

　去年のいつかに、優紀に、生の雪を見に行こうと言った。優紀はこれまで、雪を見たことがない。その季節になると眠ってしまうからだ。しかし雪は季節だけが運んでくるものではない。北海道に行こうとか、さらにもっと北の国々を巡ろうとか、そんなことを面白半分で話していた。けれど軽率にももし北海道に飛んだとしたら、優紀は——。

「じゃあ、例えば夏にクーラーで体を冷やしたときも、眠くなるっていうんですか」

「どうでしょう。それはちょっと……」

「水風呂とかはどうなんですか」

「ええと、優紀さんは温度の変化を、かなり長期のスパンで感知している可能性があります。ちょうど正常な人の一日を、ずっと、長くしたみたいに」

先生は眼鏡を何度も直しながら、休み休み言った。

「しかし、まだそうと決まったわけでは」

「そればかりじゃないですか」

気づいたときには、言葉が喉を通り越して出ていた。

ぼくの発言でその場が静寂に包まれた。

「わからない、断定できない、そればかり。医者は人を救うのが仕事じゃないんですか」

「我々としても最大限の努力はしています、ただ」

「ただ、なんですか。優紀は特別？　だから診断できない？」

「お気持ちはとてもよくわかります。ですから」

「なにもわかってない！」ぼくは脇目も振らず叫んだ。「先生は優紀が今、どんな問題に直面しているか、なにもわかっていないんです！」

ぼくは自分が誰かの武器になったつもりでいた。

「なつきくん」

けれど優しく、強《したた》かなその声がぼくを止める。上半身を起こした優紀が、まっすぐな瞳でぼくを射貫く。

「こういうものなの」

それは今と同じ場面を幾度も見続けてきた者の、説得力のある諦念を宿した目。

その声を聞いてからぼくは金縛りにあったように、言葉が喉を通らなくなった。

優紀が四階の病室に運ばれていったあと、ぼくと不由美は優紀の部屋の簡易ベッドか、待合室の椅子か、処置室のベッドのいずれかで眠ることを許された。しかし結果的に二人とも待合室の長椅子で、足下灯と自販機の光だけで、始発までの四時間を過ごすことになった。

長椅子は横になると人一人分の幅しかなく、足を伸ばすとどうやってもくるぶしから下が宙に出てしまう。革の渋い匂いはそれほど気にならないが、頭に敷いているリュックサックの留め金がゴツゴツとして痛い。

「起きてますか」

ひそめた不由美の声だった。ちょっと体を起こす。ぼくが寝そべる椅子から一番遠いところに、不由美の後頭部が見える。

「うん、起きてる」

「さっきはよくも、抜け抜けと」

不由美は、小さなため息を挟んだ。

「でも、ありがとうございます。私の言葉を代弁してくれて」

「別に、代弁したわけじゃない」

「お礼を言っているんですよ。お礼を言われる側らしくしてください」

ぼくは無理に体を横にして、頭を腕で覆うようにした。自販機のジーというかすかな振動音が、眠りの導入を妨げる。

「こんなところにいずに、病室に入れてもらいなよ、家族なんだから」

「姉は夜、一緒にいられるのを嫌がるんです」

そうだっただろうか。これまで優紀は夜、ずっとぼくと一緒のベッドで眠ってきた。二の腕に乗る、優紀の頭の重さを思い出す。深く、沈み込むような眠りだった。

そしてもうすぐ、その深い眠りが彼女をすっぽりと喰らうはずだ。

「じゃあ、処置室は」

「なにを言うんですか。私たちは患者じゃないんですよ」

不由美はそうきっぱりと言い切ると、立ち上がって椅子のそばへ来た。そしてぼくの伸ばした足を手でぞんざいに払い、その隣に座り込んだ。

薄暗い室内でも、不由美の瞳は火災報知機の光を受けて、赤く輝いていた。

「なつきさん」

張り詰めた声。また叱責をうけると思った。

「私、お姉ちゃんの絵が、好きです」

つり上がった眉が、なだらかな傾斜を作る。ぼくは崩していた姿勢を正し、不由美の方へ体を向けた。

「六歳も離れているので、私が物心ついたときから、すでに絵はたくさんありました」

「僕は優紀の完成した絵、君の家以外で見たことないんだ」

すると不由美は勝ち誇ったような顔をして、そうですか、と半笑いで言った。

「夢で見るらしいです。闇に浮かぶ虹の川とか、人を飲み込む光の山とか、誰もいない静寂の街とか」

不由美の視線は、そのときばかりは、どこか遠くへ結ばれる。

「そういう漠然としたものを題材に、姉は、それはもう言葉では言い表せないぐらい、素敵な絵を描くんです。そんな姿をずっと見ていたいと思いました」

「だから優紀を守らないと、って？」

闇に浮かぶ首が、こくりと縦に振れる。

「私が姉を救うはずだったんです。私はそのために生まれたんです」

「さすがに思いつめすぎだと思うよ」

「いいえ。そうじゃありません。私の名前……、おかしいと思いませんか」

不由美は自分の胸に手を当てて、じっとぼくを見つめる。不可能の不、由来の由、美人の美――彼女は出会った頃、そうやって字を教えた。不可能の不。あのときは迫力に負けて、文字の印象が埋まっていたのだ。

「名前に否定の文字がつくなんて、そうそうあったものじゃないですよ。由来を訊ねることができない。だから、意味のない存在ってことです」

ぼくはただうなずくことしかできなかった。夏樹の名付けがどちらかも訊いたことはないし、名前の意味なんて深く追ったこともなかった。

「それに聞いちゃったんです。あれは中学二年ぐらいでしたっけ。お姉ちゃんが東京の大学に行くことになって、家中がドタバタしていまして。引越し作業が夜中まで続いて、私が飲み物を取りに一階に下りたときです。ママが、不安で行かせられないと父に言い、パパは、行く必要があるんだと言って喧嘩していました。そこでママが、優紀のそばにいるのが役目だ、って。だから不由美も東京に行かせたらどうか、って」

「……」

「あのときは色々大変だったのもわかります。ただ……私は空っぽで、お姉ちゃんの身代わりで、その役目のために生きていて……でも、その役目を果たせないから……」

「どうして果たせないなんて、言うんだよ」

「わかるはずです。なつきさんなら」

ぼくは自動販売機の光で潰れて見えないラインラップを、目を細めて眺める。

「私は家族で、あなたは他人だから。他人だから、伴侶になれる存在ってことです」

伴侶。

その言葉の衝撃が駆け抜けるより前に、不由美は言葉をつないだ。

「この道がどこへ続いているのか、時折想像します。でもはるか先で道は、別々の方に分かれているんです。もともと一本だった姉妹が、合流することはできない。だけどあなたは——」

そうか——他人だから感じていた距離感も、優紀のことを深く知らない苛立ちも、全部、不由美にとっては得難いものだった。

他人だからこそ、一緒の道を進むということを〝選べる〟。

いつか自分の人生を歩まねばならないと決まっている不由美は、だからこそ、誰かに〝委ねる〟しかなかった。

「ずいぶん、ずけずけした言い方ですね」

「ごめん、本当にわからなかったんだ。てっきり、僕のことが嫌いだとばかり」

「嫌いですよ！」

不由美は声を張り上げ、最初っから、と言い加える。それから少し下を向くと、持ち上げた視線をぼくの両目に合わせ、

「でも、感謝はしてます」

そう言って、頭を下げた。

不由美は立ち上がると、また同じ場所へ戻っていく。

今度は彼女の後頭部は見えなかった。

目を開けると、頭上をうすぼんやりとした光が覆っていて、右半身が椅子からずり落ちていた。指でなぞると、口の端からこぼれ出した唾液が頬を伝い、顎に達した跡がわかる。寝てしまった、という認識が、焦りとともに迫ってくる。

慌ててスマホを確認すると、早朝六時ちょうど。そして六件の新着があった。三件はネットニュースで、一件は友海、二件は優紀からだった。優紀のメッセージは、一時間前に届いていた。オレンジジュースと朝ご飯を買ってきて、とのことだった。

「嫉妬、してたの？」

「オレンジジュース」

ぼくは飛び起きて、ぐしゃぐしゃになったコートを羽織り直し、リュックを掴み、壁の院内図を確認し、売店へ急いだ。

病院の朝は、夜と印象を全く入れ替えて、清々しく、清純な感じがする。

大窓から採光される朝日が、建物に囲まれた中庭の、ちょっとした植物園と木製デッキに降り注いでいる。まだ診療時間ではないので、ロビーに人の気配は一切ない。

当然、売店も開いておらず、レストスペースの自動販売機をあたる。ぶどうやももなんかは見当たるが、なかなかオレンジが見つからない。五つ目の自販機に差し掛かったところで、やっと果汁二十%のみかんジュースを見つけ、その隣にあったフード系自販機でカレーパンを買い、四階へと上がった。

病棟ではすでに、朝食を載せた巨大なカートが忙しなく走っていて、番号の若い部屋から順に看護師の訪問が始まっていた。点滴台を引きながら、廊下をぐるぐると回る老男性の姿もあった。

ぼくが部屋番号を探していると看護師の女性が近づいてきて、面会の方ですか、と聞いた。ぼくが、昨晩のことを話すと、女性はぼくを438号室の前まで案内してくれた。

そこは四人床ではなく、個室だった。そのためまだ看護師の訪問も、朝食の配膳も来ていない。

扉をそっと開くと、中から声が漏れ出した。「お姉ちゃん」ぼくはよりいっそう慎重になって開いた隙間に体を押し込む。

「もう、いい加減にしてよ」

不由美の声だった。入ったときと同様に、呼吸を殺して扉を閉める。目の前には桃色のカーテンがあって、中の様子は見えなかった。

「ほら、ふゆちゃんが長話してるから、看護師さん来ちゃったじゃん」

「茶化さないで」

語気の荒い、不由美の言葉だった。影になってカーテンの上に重なる二人は、まるで親子のようだった。

「あの人、いい人だよ」

「知ってる。それは私が一番よく知ってるよ。ふゆちゃんこそ、どうしたの。ずっと嫌いだったじゃない」

「私は！　ただ……」

「ただ、なによ。お姉ちゃんをとられて寂しかったとか」

優紀の悪戯っぽい笑い声が聞こえ、ぼくはなにか、肋骨《ろっこつ》を体の内側からくすぐられているような気分になる。

「私のことなんてどうだっていいの。お姉ちゃんの話をしてる」

不由美のつり上がった目尻が思い浮かぶ。

ぼくはカーテンと扉のわずかなスペースにある洗面所に寄りかかり、洗面台に腰を乗せ両手を握って膝の上に置いた。

「やっぱり無理だよ」

優紀は何も答えなかった。ただガラガラガラ、と配膳台が移動する音だけが部屋の外から響いている。

「あの人、何も悪くないのよ」

「ふゆちゃん、私ね、彼のこと……」

「また好きになっちゃったんでしょ。知ってる。イヤというほど知ってるわ。でも、だからこそだめ。どこまであの人を巻き込む気？」

「でも、私、今度こそ」

「いっつもそう言ってる。いっつもそう言って、馬鹿ばっかりして」

なんのことなのか、さっぱりわからなかった。尻が洗面台の縁からずり落ちたことにも気づかず、ぼくはただその狭間の領域で、突っ立っていることしかできなかった。

「お願い。最後にするから」

懇願だった。優紀の声で語られる、まるで別人のような言葉。

「これで最後にするから」

そのか細い声を払《はら》い除《の》けるように、不由美が言う。

「春人さんのときもそう言ってたよね、お姉ちゃんは」

桜城春人。不登校になった友海の兄。優紀を愛しすぎて人生を狂わせた男——そう聞いているが、本当のところは、どうなのだろう。

「春人は関係ないよ」

優紀が、別の男の人を呼ぶ声。

それが妙に色っぽくて、艶かしくて、ぼくはごくりと唾を飲む。

「そりゃお姉ちゃんは、寝ていただけだもん、関係ないよね！」

ガン、と何か硬い物同士がぶつかる音がした。ぼくは驚いて、緑色の液体石鹸《えきたいせっけん》のボトルを、洗面台の中に落としてしまう。ゴト、ゴロゴロゴロ。ボトルが排水栓の上に乗ると、センサーが反応して蛇口がシャーと水を噴いた。

「あれ、なんかおかしい。看護師さん遅くない？」

そう言って不由美はずかずかと歩いてきて、ぼくが扉を開ける隙も与えず、カーテンをひっぺがした。

「ぬっ」

不由美の目が大きく見開かれ、色の薄かった頬がじょじょにピンクに染まっていく。

「盗み聞きとかサイテーだから！」

不由美はぼくの胸を張り手で突き飛ばして部屋を出ていくと、そのままエレベーターの方へと歩いていく。追うに追えないぼくは踵を返し、低頭しながら、お邪魔します、と言ってカーテンをくぐった。

「あ、オレンジジュースだ」

優紀は体をちょっと起こして、花咲くように明るい表情でこちらを指さす。

「まだ売店やってなくて。百パーじゃない」

「百じゃなくても許しちゃう」

ありがと、と言ってぼくは、パイプ椅子に腰を下ろした。先ほどまで座っていた人間の執念が残っているみたいに、まだ生暖かい。

「オレンジジュース好きだよね。オレンジは嫌いなくせに」

「なんかダメなの」

幽霊のように手をぶらんと垂らし、かぶりを振る優紀。

「でも普通、お見舞いは果実本体なんだよ」

「じゃあ私の本当に欲しいものを知っている君は幸せものね」

優紀がカレーパンを受け取ったちょうどそのとき、水色の服を着た看護助手が配膳台からプラスチックのプレートを出してきて、移動机の上に置いた。ご飯と色の薄い味噌汁、蒸したベーコンのようなもの、キャベツの和え物、それとヨーグルトだった。

優紀はカレーパンをプレートの横に置き、まずはご飯と味噌汁から食べ始める。

「昨日から何も食べてないのよ。お腹すいちゃって」

窓側のカーテンの隙間から漏れる朝日が、優紀の漆黒の髪に降り注ぐ。ぼくは急に、胸が締め付けられるような感覚に襲われる。

優紀が首をかしげて、ぼくを見た。

「どうしたの」

たやすく言葉にはできず、ぼくは移動机の上に乗った優紀の左手を強く握った。

「痛っ」

「あのとき、死んでてもおかしくなかった」

ぼくのうなだれた頭が、優紀の手の甲にぴたりと張り付く。優紀の右手が、よしよし、という声とともに後頭部に降りてくる。

「君は死んでたかもしれないんだ……」

「考えすぎよ」

背後で物音がして頭を上げた。女性の看護師が、がちゃがちゃと音を立てて銀の台座を引き入ってくる。目元をなるべく自然に拭って、ぼくは席を立った。

「じゃあ、大学、行くね。一旦家、戻らないと。教授に、欠席の理由伝えとく。また午後にくるよ」

スマホを出し、ベッドごと優紀の全身を写真に収めた。そのときでさえ、優紀は晴れやかな笑顔だった。

六

美術学科棟一階ロビーの、ナスの形をした椅子で待っていると、硬い靴裏を鳴らす音が聞こえてぼくは立ち上がる。全身グリーンのビジネススーツに身を包み、口髭《くちひげ》をたくわえた中年の男。ぼくが前に出ると、男は足を止め、なにかはっとした顔でぼくを見て、ウズメ君かね、と訊いた。

「そうです。神崎教授、お久しぶりです」

「ああ、やっぱり。歳《とし》を取ると人の顔が覚えられなくてね。よかった。前に、岩戸君のことで話をしたんだったか」

教授の声にはまだ迷いがあった。ぼくがうなずくと、神崎教授はほっとしたように首を何度か縦に振った。

「それで、どのような用件かな」

「実は、優紀が入院をしまして」

　ぼくはそう言って、今朝撮ったスマホの写真をかざした。すると教授は顔色を変えて画面を睨みつけ、

「大丈夫なのかい？　状態は」

　と心配そうに言った。

「昨日、ちょっと頭を打っただけなので。多分大丈夫です。二、三日で退院できると言われました」

「そうかい。わざわざ伝言すまないね」

「メールだとすぐに伝わらないかと思いまして。今日の四限でしたよね、抽象画史の授業」

　うなずく教授。その後ろで、束になっている人の影があった。多分、ここで待っているときから目に入っていたのだろうけど、認識の中に立ち上がってきたのは今が初めてだった。

「その、冬の間のことで、それ以外は全出席する、というのは」

「ううん、もちろん、そうすべきだが、そんな写真を見せられちゃあね」

　神崎教授は、革の鞄を右手から左手に持ち替えた。その鞄からかつて、生徒の個人情報が漏洩したとはつゆも知らずに。

「通院記録を事務の方に持っていきなさい。神崎の名前を出せばわかるから」

「ありがとうございます」

ぼくは頭を下げる。そのとき、別段意識したわけではなかったが、かすかにただよう声を耳が捉えた。複数の声が優紀の名前を出し、根拠のない憶測を並べ立てている。

「お見舞いにはいけないから。じゃあ、お大事にと、伝えておいてくれたまえ」

再び、カツカツと音を鳴らして教授が歩き出す。残されたぼくは、ぼく以外のすべての人が芸術学部生であろうこの美術学科棟を、ぐるりと見回した。

「なあ、あれ、優紀の」

「一年以上続いているっていう、あの？」

「ハルト先輩以来の長期案件だな」

そのほかにも噂話のように、いつのまにか言葉がぼくを囲んでいた。しかしその五人だけは、明らかに度を越してぼくを睨みつけている。彼らはぼくがいつの日かデッサン室で優紀の居所を訊ねた五人組である。

「おい龍太郎、あんまじろじろ見んなって」

眼鏡をした男に宥められても、龍太郎は睨むのをやめなかった。

ぼくは恐ろしくなって、一刻も早くその場を逃げ出したいと思った。だから彼らに背を向け、何も聞こえないふりをして、その場を立ち去ろうとした。

「あの女だけ登校免除かよ」

　龍太郎のぼやき声が、ぼくの背中に爪を突き立てた。

「ただでさえダルい授業なのに必須科目にしやがって。神崎もクソだけどあの女も相当だな。あれじゃん。神崎とも寝てんだろ」

　拳を握りしめて、爪が掌に刺さったことなんて初めてだった。ぼくは歯を食いしばって右足を出した。右足を出せば、自然、左足も出すことができた。

「ズルだよなぁ」

「なにがズルだ」

　いつのまにか、ぼくは振り返っていた。それどころか、彼らの方へ歩みを進めて、龍太郎という男の目の前まで来ていた。

　龍太郎はぼくに、皮肉たっぷりの笑顔を向ける。

「だってズルだろ？　よくわかんねえ家庭の事情で、冬の間は学校来なくていいんだぜ。そんな個人の特例、許していいのかよ」

「でも優紀は望んでそうなったわけじゃない」

「だからなんだ。不公平だって言ってんの」

　不公平。それをそっくりそのまま彼に返してやりたかった。冬に眠るのが優紀じゃなくてこの男なら、どれほどよかったか。

「あいつはさ、色々と優遇されすぎなんだよ。授業来なくていいし、課題出せなくていいし。色々と、ラクしすぎでしょ」

その瞬間、ぼくの頭の中で何かが弾けた。

「何も知らないだろ！」

ぼくは初めて、誰かの胸ぐらを摑んだ。思うより摑みどころがなくて、うまく相手の首元を固定できなかった。手が滑って、ほとんど右の襟を引っ張る形になった。

「優紀の家族がどんな思いをしてるか、優紀自身がどう感じてるか、何も知らないくせに、考えたこともないくせに、勝手なことを言うなよ!!」

「知るかよそんなこと」

龍太郎はぼくの突き出された腕を摑み、そこに握力を込めた。ギチギチと骨が鳴って、ぼくの握力は次第に奪われていく。

「努力すりゃなんとかなることだろ？　片親でバイト漬けでも頑張ってるやつはいるし、車椅子で毎日通ってるヤツだっている。ただ単に努力が足りねえんだよ」

ぼくの手が襟元から完全に離れると、龍太郎の好戦的な目が哀れみに転じた。

「ほんと、ご愁傷さまだよ、あんた」

龍太郎はぼくの腕ごと体を引き寄せると、もう一方の手で後頭部をえぐるように摑んだ。

「利用されるだけだぞ」

「マジでそのくらいにしとけって」

眼鏡の男が割り込んでくる。龍太郎の胸を手で押したあと、今度は首を回して、顎でぼくを指した。

「あとそちら様も。あんまこっちのテリトリーで、幅きかせないでください。先週も先々週も来てましたよね」

「それは、迎えに来てるだけで」

「そうかもしれないっすけど、あんま、そういうことしない方がいいと思います」

そうさっぱりと言うと、眼鏡の男は龍太郎の腕を引っ張り、残りの三人とともに通路の方へ歩いていった。

だらんとおろした右手首には、手錠をはめたような痛みが走っていた。もう一度あたりを見回してからぼくは、キャンパスの出口へと向かった。


エレベーターが四階に着くと、同乗していた親子連れが一緒に降りて、すれ違いざまにパーカーの上にウインドブレイカーを羽織った男が入ってきた。夜勤の交代の時間まではまだ少しあるはずだ。面会を終えて帰っていく人だろうか。

「あの、これ、上行きますよ」

ほとんど自己満足でぼくが言うと、男はフードの下の頭をぬらりと上げて、す、す、すっ……、と口籠《くちご》もりながら、時間をかけて「すみません」と言葉に出すと引き返した。その際、慌てて身を翻したことで首にかかっていた紐状のものがぼくの肩にぶつかる。

「あの、面会カードが、胸に」

「あ！」

男は再びはっとして顔を上げ、全体的に丸っこくて青髭《あおひげ》のある顔をあらわにした。そして情けない笑顔を作り、あ、あっ、ありがとうございます、と頭を下げる。

受付で面会を申し出ると、一枚の紙を渡される。ぼくはボストンバッグを床に置いて、ペンを取った。日時と目的、そして患者との関係を選ぶ欄がある。家族、友人、その他……。三つしかない選択肢の中で、ぼくはしばらく筆の先を悩ませる。

迷ったあげく、その他のカッコの中に恋人と書き入れて提出すると、受付の女性は少し怪訝な顔をして、こいびと……とささやきながら、それを受け取った。

ぼくの見た目にそんなに問題があるだろうか。

先に男が返却した面会カードがそのまま回ってきて、首から下げると、ぼくは438号室へ向かった。

扉を開けるとピンクのカーテンは開いていて、窓からは青く沈んだ空と、ぼんやりと輝き始めた街の夜景が見えていた。そちら側に吸い寄せられるように、優紀はベッドの端に座って、紙エプロンのような入院着をまとった背中をぼくに見せている。

「着替えとか、持ってきたよ」

ぼくが言うと、優紀は肩をびくつかせて振り返った。

「は、はやいわね！」

優紀はコの字形のベッドテーブルに肘を乗せ、指先をトントンと鳴らしている。

「そう？　むしろ遅くなってごめんって言おうと思ってた」

「そっか。確かに。まだ早いのね。こんなに日が短くなって」

その視線は再び、窓の外を向いた。

ぼくはボストンバッグをベッド脇に置くと、パイプ椅子を引き寄せて座った。奇妙なことに、かすかな温《ぬく》もりを感じる。

「あれ、誰かきたの？」

優紀の指先の動きがピタリと止まる。

「友達が」

「へえ。霜木さん以外にも友達いたんだ」

「今日の検査はね、レントゲンとMRIだったの。MRIって、すごくうるさいわよね。あれ、なんとかならないのかしら」

話を遮られたことにムッとしながら、ぼくはボストンバッグを開いて、持ってきた着替えやゲーム機をベッドの上に並べた。

優紀はやっと振り返って、服を物色し始める。

「ありがと！」

ぼくは視線を持ち上げた先に、大振りのバスケットを見つける。中にはオレンジ色の液体が入った大きな瓶が二本。二本とも違うラベルで、ネックのところには金賞受賞というようなプレートが、金色のリボンで巻かれている。

「お見舞い？」

「え？　あ、うん」

それは愚直なオレンジ色をした、オレンジジュースだった。持ってみると、予想をずっと上回る重さに、危うく取り落としそうになる。瓶自体も分厚くいいものを使っているが、何より濃くねっとりとしたオレンジの色が、酸味と甘みの調和の取れた爽やかな味を想像させた。

「バスケットには普通、果物入れるじゃん」

「そう、よね。へんな人ね」

優紀のサイドテーブルには、何冊かの本が雑多に置かれている。数えると七冊あった。どれだけ暇だからといって、検査もあるのに、三日の入院でこんなに本を読めるとは思えない。

「それって……」

ぼくが訊ねあぐねていると、看護師が車椅子をひきながら入ってきて、検査の時間ですよ、と言う。

「ごめんね。行かなきゃ」

優紀は立ち上がったので、ぼくはその肩をとっさに支えた。しかしぼくの腕にかかる重みはほとんどなかった。

看護師の横へ行くと、手すりを摑んでゆっくりと腰を下ろす。軽く会釈をして車椅子をひいていく看護師のあとを追って、ぼくも通路に出る。エレベーターの前で一度振り返った優紀の笑顔に手を振った。

ぼくは優紀が視界から消えるとすぐ受付を訪ねた。

「あの、すみません。個室って部屋にバスケットみたいなもの置いてますか？」

「バスケット……ですか。備品ということでしたら、そういったものは置いておりませんが」

それはつまり、お見舞いの人間が持ってきたということだ。わざわざバスケットに果物ではなくて、瓶のオレンジジュースなんかを入れて。

ぽかんとしてこちらを見上げる受付の女性に頭を下げて、ぼくは病室に戻った。ベッドに並べたパジャマを畳んでクロゼットの中にうつすと、ベッド端に座って上半身を倒れさせた。枕と布団からは、ほんのり優紀の使っている柔軟剤の香りがした。

唸るような音が連続で五回ほど聞こえた。優紀は枕元にスマホを置く癖がある。ぼくは体を起こして積まれた本に視線を向ける。

また一回鳴った。本を手に取る。一番上にあったのは、中原中也《なかはらちゅうや》の詩集だった。トタンがセンベイ食べて　春の日の夕暮れは……。ずっと同じ行を読んでしまって、前に進んでいない。

また何回か鳴った。ぼくはたまらず枕をひっぺがした。岩の裏の張り付いているイソガニをつまみ上げるみたいに、スマホをひっ摑む。仄《ほの》かな熱を持ったそれの画面には、過去三件までのメッセージが羅列されていた。

「でもそれ」「無添加だから」「ホットにして飲んでもおいしいみたい」。それらはぜんぶ、『はる』という人物から来ていた。

ぼくはスマホをベッドに放ると、椅子に座り込んだ。やがて頭を抱えて、髪をぐしゃっと摑んだ。前髪が鼻の上に刺さってチクチクした。

家に帰ると、部屋とキッチンの電気がついていた。誰もいないとわかっていながら、ぼくは玄関できょろきょろとして、できるだけ静かに靴を脱ぎ、すり足で廊下を渡った。朝、電気を消し忘れたのだ。記憶にはないが、急いでたから十分ありえる話だ。

ベッドの下、クロゼットの中、一階の物陰と呼べそうなところを網羅したあと、ぼくは梯子《はしご》を登ってロフトに足を踏み入れる。

そこは油とインク、そして優紀の匂いがこもっていた。

中腰になって壁に立てかけられた五十号のカンバスを袋状のカバーごと持ち上げ、裏に何もないのを確認すると、再び梯子に手を掛けた。冷たい鉄パイプの感覚が指先に伝わる。

ふいに、さっぱりとして高身長な男の像が勝手に合成されて、ぼくの頭の中で増殖した。四肢がぎっちりと固まって、梯子の途中でぼくの体は止まり、やがてさっきとは真逆の動きを始めた。

ロフトに戻ると、屋根の形に合わせて狭まった部分に、詰めるように置かれた優紀の荷物に目がいった。小ぶりの水色のキャリーバッグと、キャンプ用のリュックサック。

彼女の衣服以外の持ち物は、ほとんどここにある。

リュックサックのジッパーに手をかけた。油絵具にポスターカラー、未使用のパレット、ミリペンやワニスなどに加え、スケッチブックと、大学の講義ノートもあった。その一冊を取って、開いてみる。ぎっちりと書き込まれた講義内容は専門用語ばかりで、ぜんぜん頭に入ってこない。

スマホが鳴った。中腰の状態だと、ポケットに手が入りにくい。友海からだった。六コールやり過ごしたら、着信が切れた。

水平に置かれたキャリーバッグにはナンバー錠がかかっている。文房具屋などで買えるナンバーが三桁しかないやつだ。

優紀が持ち物に鍵をつけているなんて知らなかった。引っ張ってみても、ガチャガチャと鳴るだけで開かない。一度は手を離した。

利用されているだけ。

そんなわけないのに。

三月九日……。開くはずないと踏んで、優紀の誕生日で一度だけ、試してみる。すると、かちゃり、と鳴る。一瞬、腹のそこがすうっと冷たくなった。触るまでもなく、ナンバー錠はぽとりと勝手に床に落ちる。

ジッパーを動かして、蓋を持ち上げた。まず透明な小物入れの中には、化粧セットが見えた。その他は、今年の夏に行ったユニバーサル・スタジオで買ったインディ・ジョーンズの缶詰や、草津《くさつ》土産の湯あがりかりんとうの缶でパーティションされている。缶の中には、通帳や印鑑が入っていた。

何をやっているんだろう。

蓋を閉めようとしたそのとき、再びスマホが鳴った。

「もしもし」

『いまひとり……？』

友海の声は、少し上擦っていた。

「うん」

『よかった。一緒に暮らしてるって聞いたから』

「優紀がいると言えないことなの？」

風が吹くようなノイズが耳元でざあざあと鳴る。吉川さん、配達行ってくれる？　という声が遠くで聞こえた。そして、すう、と息を大きく吸う音。

『あのさ、これ、話すかどうか迷ったんだけど……九月四日ってなつき、岩戸さんと一緒にいた？』

「いたと思うけど」

そのとき蓋の裏側のメッシュから、何かが床に滑り落ちる。金や銀のラメで装飾された真っ赤な封筒にはメリークリスマスの文字と、緑色のツリーのシールが添えられている。

『本当に偶然のことだったんだけどね、九月四日さ、あたしサークルの卒業コンパの帰りで遅くなっちゃって。始発まで駅前をぶらぶらしてたの。そうしたら、ほら、なつきの家の近くの、ラグビーボールとか飾ってあるバー。あそこで、岩戸さんがね』

スマホが震える。友海がラインで一枚の写真を送ってきていた。

スピーカーフォンにして写真を開く。

『もちろんこのことは岩戸さんから……聞いてるんだよね……？』

その二日後、優紀は無事退院を果たした。意識障害もなく、脳の異常も認められない、まっさらで、誰もが喜ぶべき姿で帰還した。

七

ヘッドボードに敷き詰めた枕に背中を預けながら深夜番組を見ていると、優紀の頭が傾いてぼくの右肩を叩き始める。時計を見上げると、すでに零時半を回っていた。思えば優紀が眠くなり始めるのは、いつも決まって零時半だ。

「そろそろ寝よっか」

うるんだ眼の上にふたえを重ね、優紀はこくんとうなずいた。

天野医師から異常がないというお墨付きをもらっても、もう十月に入ってしまった。ぼくは優紀のそばにぴったりと付いて、倒れないように洗面所まで送る。

お揃いのコップの青い方を取り、先に水を注ぎ、ぼくはそこに歯ブラシを浸して歯磨き粉をたっぷりとつけた。優紀も歯ブラシを握ろうとしたので、ぼくは連結している風呂場の方へ退いた。

洗面台の鏡は水垢《みずあか》がこびりついて、下半分は使い物になっていなかった。そこに映る優紀の表情もぼやけている。去年のクリスマス、ぼくはどうしていただろう。嶺二さんと一緒に飲んだことを覚えている。

ブラシを持った腕を左右に、上下に、振り乱した。

「そんなに強くやっちゃだめよ」

真っ白くなった口を大きく開け、ブラシの動きを止めた優紀が言った。コップの水ですすぐと、吐き出されたそれにはピンク色が混じっていた。隣で優紀が、ほらぁ、と言って責めるような視線をくれる。

「なんでだよ」

「ん？」

「ちゃんとやってたじゃないか」

優紀の吐き出した水が、洗面台のピンク色を流し去った。あるいは、そこを狙って吐き出したのかもしれなかった。二、三度すすいでから、ハンドタオルの裏で口を拭いた優紀は、ぼくに向き直った。

「ちゃんとやりすぎても、ダメなのよ」

「そんなはずない」

ぼくは言った。賃貸で夜中に出していいかどうかギリギリの音量は、背後の風呂場でくぐもった声に変換される。

「正しくやってきた」

「うん、でも血が出るまでやらない方がね」

優紀が先に、風呂場を出ていく。ひとりになってすぐ、頭上の電灯がチカチカと明滅を始める。

「正しくやってきたんだ……」

鏡の中の男は、ぼくを睨んでいた。

部屋に行くと、優紀はすでにベッドに寝転んで、足を宙に遊ばせていた。壁際に寄せたベッドの手前にいるものだから、ぼくは優紀の細い足を踏みつけないように、不安定な足場を綱渡りして奥へと進んだ。

優紀はいつも手前を好み、決して奥へと行こうとしなかった。

「今日も執筆お疲れさま」

今日は前日書いた部分の推敲《すいこう》から入って、新たに二千字。捗った方である。優紀の頭を抱き寄せて、耳の直上で、いつもありがとう、と告げる。

いつも通りの夜。いつも通りのベッド。おかしいのはぼく一人で、これは全部ぼくの取り越し苦労であってほしい――そんな思いを心の底に隠しながら、ライトを常夜灯に切り替えて、布団の中に身を埋める。ぼくの背骨が優紀の背骨にぶつかって、体がピクりと動いた。まだこの季節は夏用布団で事足りたが、時折二人の枕と背筋の隙間に冷たい夜の空気が入り込み、ぼくは身震いする。

それからぼくは、眠らないように頭の中で数字を数えた。一から百まで数えたら、また一に戻す。時折、四十一は素数だろうか、という雑音が入ったけれど、数えるのが止まったら小説のプロットのことを考えた。

息は、なるべく肩に力の入らないように、自然に吐いて吸った。自分が眠っていると きに出す音を録音して聞き返して勉強したかいがあって、上手くやれていたと思う。均等に呼吸するだけでなく、時折深呼吸を混ぜたり、ううん、と唸ってみせる。

その間もずっとぼくは、隣で発せられる優紀の寝息を聴き続けていた。優紀の寝心地はとても幸せそうで、たまに寝返りを打っては、ぼくの背中に抱きついてきたりもした。思えばぼくは、優紀がそばにいると思うと、ひとりのときよりずっと深い眠りにつくことができた。中途半端に目覚めたことなんて一度もない。それぐらい優紀の体温が、安心をくれていた。

ぼくは何をやっているんだろうか。

馬鹿馬鹿しい――。

一時間か、もしかしたら、二時間経ったかもしれない。ぼくの首と腰にそれぞれ手を添え、しがみつくようにしていた優紀が再び反対の方向を向くと、突然、せせらぎのような息の音が止まり、ゆっくりと、何かがベッドの中を移動する振動が伝わってくる。まるで猫が這い出たかのように、わずかに掛け布団が引っ張られると、ぼくの背中とベッドとの間にある隙間が徐々に開いていって、取り込む空気の量も増えていった。

そしてすっぽりと、華麗に脱獄するみたいに、気がつくと優紀の体は廊下側に転がり出ていた。その精度たるや、忍者のようだった。

ぴた、ぴた、と床に吸い付く足音。喉からこぼれ出そうになる声を、唾を飲んで押し留めて、ぼくは全神経を聴覚に割いた。

足音は遠ざかっていき、やがて、ききい、と鳴った。建て付けの悪さからして、クロゼットを開ける音に違いない。しゅるる、という布が擦れる音がしばらく続き、再びききい、と鳴る。

がちゃり、という最大限抑えた開閉音で、一連の動きは締《し》め括《くく》られた。

眠気が吹き飛んだ頭で、ぼくは考えていた。

暴力的なほど打つ心臓を抑えて、布団の中で縮こまる。両膝を腕で抱えて、なるべく小さい存在になるよう努めた。一から始めて百まで数え、もう一度一に戻して百まで進める。そうやってひたすら、頭上の時計が針を進めるのを待った。

最寄りのコンビニへ何かを買いに行ったとしても、十分に足りる時間が過ぎたと確信したそのとき、ぼくは布団を薙《な》ぎ払《はら》って立ち上がると、スマホの明かりで廊下を照らした。半開きになったクロゼットには、まだ暖かさを孕《はら》むパジャマが、丁寧に畳まれて置かれている。

「優紀……」

家の隅々にまで侵入した夜に言葉をかけた。やがて裸足《はだし》のまま玄関扉を開くと、月明かりが入り込んできて、すぐに閉めた。今日も昼間に履いていたので、なくなった靴はすぐに、彼女が一番気に入っているベージュのパンプスだとわかった。

ぼくはしばらく呆然と闇を眺めていたが、鍵を取って外に出た。そして鍵をかけて、鍵をジャージの尻ポケットにしまって、玄関の石段に腰をつくと、そのまま体を横倒しにして、ただ時間が流れるのを待った。


体が揺さぶられていた。その震源は、どうやら肩だった。なにか声も聞こえていた。さっきまで見ていた夢は、行方不明になった優紀を捜すというもの。落書きのたくさんある地下のバーで二人の刑事に聞き込みをされるところで幕を閉じた。

「ちょっと」

片目だけ開けると、青白い光が入り込んできて、頭を腕で覆った。ただ、光の中には人影が見えた。

「ゆき……」

「ええ？」

それが年配の女性の声だと聞き分けられるようになる頃には、光の中に浮かぶシルエットが、ずんぐりとして、洋梨のようなフォルムであることを理解できた。

「ちょっと、ちょっとあなた」

揺さぶりが強くなった。

ぼくの弱々しい拒絶なんて気にも留めず、声量は増すばかりだ。

「ここで寝られちゃ困りますよ。一〇四号室の方も迷惑されていると思います」

「ああ、いちまるよん……それって、ぼくの部屋ですが」

「そうなんですか？　すみません、最近嘱託されたばかりで。でも、困ります。家の前に人が寝ているなんて知れたら、私、就任早々、オーナーに怒られちゃいます」

「そうですか、それは、まずいですね」

体を起こすと、地面と接していた肩と腰、そして後頭部に一瞬、信じられないほどの激痛が走り、背中が無数の小枝を折るようにパキパキと鳴った。

背を反らせて大きなあくびを放つと、伸び上がった目線が、管理人の女性の身長を追い越した。そして開けた視界の中に、忽然と、硬直する優紀の姿が出現する。

ぼくはちょっとした達成感を得た一方で、優紀のその、派手な赤いワンピースに白のカーディガンという目を引く格好に、言葉を失った。

優紀が何かを言いかける。

「いいから……」

ぼくはそれを、突き出した掌で強引に止めた。

管理人の女性はぼくたちを代わる代わる見ると、まあ気をつけてくださいね、と言って、視界の外へと消えていく。萌《も》え上《あ》がる朝日をバックに、優紀の目は玄関の周辺をぐるぐると回っている。ぼくはポケットの中で、スマホを握りしめた。優紀の背後を自転車が二台、通過する。

ガチャリ、と鳴った。上の階の住人が部屋を出たらしい。次に、鉄のデッキを踏み歩きぼくの頭上を通過する。錆《さ》びた鉄の粉末が腕の上に降りかかる。

「おかえり」

ぼくは腕を下ろして言った。緊張して氷のようになっていた表情が少し解け、目元はたゆみを取り戻す。

「中で話そう」

尻ポケットから家の鍵を取り出して、先に中に入った。ぼくが洗面所でじゃりじゃりする口をゆすいでいるとき、優紀は玄関で靴を脱いでいた。ぼくと入れ替わりで優紀が洗面所に入る。そうしてぼくは机の前に座り、優紀はベッドの上に腰を預けた。

「ちゃんと説明させて」

「なにを?」

「だから、さっきのこと」

「さっきのことって、なに?」

ロフトからブルーシートが垂れ下がっていて、掛け時計の上にかかっている。梯子の位置を変えたから、ぼくのデスクは半ば梯子の下に匿《かくま》われているような配置だ。その梯子の段と段の間から、俯く優紀の表情を捉えようと努力した。

「ちゃんと説明するのはぼくの方だ」

死刑宣告のようにそう言うと、ぼくは二段目の引き出しから赤い封筒を出して、優紀の座るベッドに投げて飛ばした。クルクルと回転して手裏剣のように飛んだ封筒は、ベッドカバーに突き刺さって静止する。

「それを見つけた。君の荷物の中からだ。キャリーの方。大丈夫。中は見てない。でも、その送り主の名前がどうしても気になっちゃって」

「これはね、」

「桜城春人。元カレでしょ」

「そう、だけど」

「日付を見てみて」

すでに泣きそうになって項垂れる優紀に向かって、追い討ちをかけるように言う。

「日付を見て！」

「見たよ……」

「読んで」

「二〇一九年、十二月二十五日」

「去年だ」

それは、ぼくにとっての二度目の冬。

春人にとっては、何度目の冬だったのだろう。

「彼は来ていたの？」

「来てた……けどなつきくんの思うようなことは何もないから！」

「できれば朝帰りする君を見る前にその言葉を聞きたかった」

優紀は一瞬自分の胸元に視線を下ろすと、恥じらうように布団を体に巻きつける。赤いクリスマスレターが宙を舞って、どこか家具の隅へと落ちた。

「もう一つ。僕が知ったことを話さなきゃならない。優紀、君がおかしくさせた桜城春人の妹に当たる友海が僕の友達でさ。彼女が僕のことを心配して、送ってきてくれたんだ。もちろんそうすることを散々迷ったそうだけど」

握り込んで熱を持ったスマホをポケットから出し、画像ファイルを開いて優紀の目の前に突きつける。黒かった目の中の円がぎゅるりと絞られて、小さな点へと変わる。息さえ止めている。彼女の心臓の鼓動が聞こえてもよかった。

「そこに写ってるのって、君だよね」

「そう、だけど」

「男の人と二人で、写ってるよね。一緒にお酒、飲んでるように見えるけど」

「この人とは、そういうんじゃなくて」

「そういうんじゃないんだ」

ぼくは歯を食いしばって、額を歪ませる。彼女を見ていないと不安なのに、見ているのが辛かった。次第に、ぼくの目の前にいる女の子が、岩戸優紀ではない全く別の誰かのように思えてくる。

「お願い、聞いて」

「いいや聞くのはそっちの方だ」

怒鳴り声とともにスマートフォンを思い切り投げつけた。壁に小さな穴が開き、スマホの画面にひびが入る。それからダメ押しで、右掌をテーブルに叩きつけた。怒りを示したかったのではなくて、証拠を突きつけて彼女を脅すために使ったこの汚い右手を、一刻も早く体から分離したかった。

「ほんとバカみたいだよな」

それどころか四肢全てが、いらなかった。彼女と出会ったことが奇跡だとか思っている自分が許せなかった。自分が自分であることを全部、放棄したかった。

「ぼくがどんな気持ちで待ってると思う？　優紀がいない四ヶ月間を。砂漠で息を止めてるみたいなんだ。本当に。君と向き合うって決めてから僕は、正しくやろうとしてきた。僕がしっかりしなくちゃって、ずっと思ってきたのに」

「私は誓ってなつきくんを裏切るようなことはしてないわ！」

一瞬、本当にそうかもしれない、と思った。

それは、はかない雪のように、熱くなった心のプレートの上でじゅわりと溶けた。

「でも君は僕を、冬に置き去りにする！」

そう叫ぶと、優紀の顔からは一切の動揺が消え去り、凪《なぎ》のようになった。伸び上がっていた眉毛は限りなく平らになり、大きな瞳の上に静かに載った。両頰に窪《くぼ》みをつくり、わずかに開いた口からは闇を覗かせる。感情がどこか遠くの場所へ、退いたようだった。

「これからもし付き合い続けて、どれだけ幸福に過ごしても、何度も何度も、優紀は僕を冬に置き去りにする。その間、僕はどう息をしたらいいの？」

感情が退いた優紀の顔に残ったものは、それが人の顔なのかを疑うぐらいの、果てしない虚無だった。

それでもぼくは追及を止められなかった。

「優紀がいない四ヶ月がつらいんだ。でも優紀はひとりでも眠れてる。僕を置いて、ひとりでぐっすり眠ってるじゃないか！」

声が部屋全体にビリビリと響き渡った。立ち尽くすぼくの横を、風を切って優紀が通り過ぎる。三段飛ばしで梯子を駆け上がり、青いキャリーバッグを落とすと、優紀はなりふり構わずぼくの目の前を再び横切った。

磁石のように離れていく体。振り返ることもせず、扉が開け放たれる音を背後に聞いた。それからぼくは、椅子に倒れるように座り、机の上に組んだ足を乗せた。

八

背中の皮膚がつっぱって痛かった。頭を上げると、ぐぐ、と首の後ろで軋むような音がした。右腕が痺れ、両肩が異様に冷たくなっていることに気づく。

夢を、見ていた。

もうほとんど思い出すことはできないが、その夢では、ぼくは今よりずっと歳をとっていて、ベッドで眠り続ける女性の世話をしているのだ。来る日も来る日も点滴を換え、温めたおしぼりで体を拭き、着替えを助ける。彼女はずっと目覚めない。

ぼくは身震いをした。椅子から立ち上がると、臀部《でんぶ》の出っ張った部分がずきずきと痛んだ。軋む足で、ふらつきながらベッドに倒れ込んで、昼真っ盛りの輝きを放つ窓にシャッターを下ろして、また眠ってしまおうと目を閉じた。

ウーン、という音が頭上から少しずつ迫ってきて、ベッドの高さを追い越す。それに従って部屋が少しずつ夜に沈んでいく。朝日なんて必要なかった。ずっと夜でいいのだ。

耳鳴りがしたけれど、それはシャッターのせいだと思った。目の奥で何かが燻《くすぶ》って、目の周りに力を込めて、無理やりまぶたを閉じたままにさせた。かび臭い匂いがして、目が開いた。

スマホを開くと、優紀から連絡が入っていた。無視するつもりだったが、痺れた指先のせいでチャットを開いてしまった。

なつきくん、
わがままな私といてくれて、いままでありがとう。
君と出会えて、人生捨てたもんじゃないな、って思えました。
でも私にはまだ、早かったみたいです。大学を辞める決心がつきました。
今日のうちに、こっちを出ます。　岩戸優紀

「ありがとう、って。そりゃないよ。どこまで勝手なんだ」

ぼくは声に出してなじった。誰に聞かせるわけでもなく暗い天井に向けて。岩戸優紀のことを悪く言えば言うほど、何かを壊したくなる気持ちは減って頭は冷えていく。いっそ彼女が犯罪でも犯せばいい。

電気をつけて、玄関へゴミ袋を取りに行った。九十リットルの一番大きいやつを引っ張り出してくると、それを持ってロフトへ上がり、優紀の荷物を片っ端から詰め始める。リュックサックにスケッチブック、生乾きのペンキ入れにイーゼル……。ロフトの左から右へと、手で摑めるものはぜんぶ、放り込んでいく。

やがてブルーシートと大きなブルーのクッションと、カバーに覆われた巨大なカンバスが残った。クッションは別の袋に入れるとしても、カンバスは木と布だから資源ごみだろうか。

ふと、ゴミ袋を持つ手が緩み、紫と黒、紺などの色がちりばめられたパレットが転がり落ちてきて、ぼくは毒ガスのような油とシンナーの匂いを肺いっぱいに吸い込んだ。

袋の中に戻そうとすると、べったりとした黒の油絵具が白いシャツの裾にこびりつく。一度、優紀を学科に迎えに行ったとき、茶色いつなぎのあちこちに虹のように絵具をつけて、忙しそうに走り回っているのを見たことがある。

ぼくは首を左右に振る。

五十号のカンバスは縦向きに置いてあるため、腹までの高さがあった。半年前、これをどうやってロフトに上げるかで、優紀と近所の喫茶店で話し合ったことを覚えている。ぼくはブラックで、彼女はクリームの載ったココアだった。綿密な計画を立てて、ホームセンターで運搬用のロープを買って、カバーの上から縛って上から引き上げたのだけど、ロープがロフトの端に引っかかって二十センチ以上持ち上がらなかった。

結局、梯子の上を滑らせるように持ち上げるしかなかったのだが、それにしたって両手がすりむけて、ロフトの柵も少し傷つけてしまった。

両手に視線を落とすと、あのときの痛みが浮かび上がってきて、ぼくは拳を強く握り込んだ。

いつか大きな賞に出すために、世界堂で買ったカンバス。

最後まで、ここに描かれている絵について、何も聞くことがないままだった。

ぼくはカバーに触れてみた。ザラザラした布の肌触り。硬い額をすうっと指でなぞると、ささくれが何度か身を突き立ててきて、一際太いやつが刺さって赤い絵具が垂れる。

「触るなって？」

指を引っ込めて、でも、再度触れる。

「僕だって触りたくなんかない」

カンバスはずっしりと、その空間に張り付いている。これを見ていると、自分の中から湧き上がる声を止められなかった。

安心していたんだ、彼女のやる気がないことに。

「ぼくは彼女の創作を知らなかったんじゃなくて、知ろうとしなかった？　努力しない彼女をどこか下に見て、安心していた……？」

岩戸優紀はいつだって遠い存在だった。付き合うことが決まったときも、同棲を始めたときでさえ、ぼくはいつもどこかで優紀と釣り合わないと感じていた。

何が、なんでも二人で相談して決めていきたい、だ。都合の良いことを、都合のいいときだけ言いやがって。

本心では、差を埋めたかっただけ。だから優紀にずっと、適当な人間でいて欲しかった。それどころか、優紀のやる気のない態度を、自分の惨めさを打ち消すために利用しようとしていた。

「サイテーだな」

腹の底を無理やり揺すって笑って、袋状のカバーを剝ぎ取る。

そこには、人の姿が描かれていた。

漆黒の背景、夜の深いところの闇、星の輝き一つない寂れた景観の中に、それは佇んでいる。濁った光をまとって、素朴な和装をしている。

何かが背筋を這い上がって、顎の下で虫が這っているみたいにピリピリする。

ぼくの身長が百七十二。だとすればこれは、正確に二分の一スケールの埋夏樹。自分の顔を鏡で見ると気持ちが悪いのに、絵の中の自分は、決してカッコ良くはないのだけれど、嫌な気持ちにはならない。

いつ描いたのだろう。

その疑問が出発点だった。

だってそうだ、ぼくが家にいるときはほとんどずっと、彼女はベットで寝転んでゲームをするか、動画を見るか、音楽を聴いているのだ。

彼女が運び込んだ画材は、あくまで学校での制作時間を補うためのものだと思っていた。実際に手提げ鞄の中に収まる八号ぐらいのものなら、何度か持ち帰ってきてデッサンしていることはあった。でもこの五十号のカンバスは容易に学校に持っていけるような大きさではない。製作途中とあらばなおさらだ。

くしゃみがでそうで、でない。痒《かゆ》いところはわかるのに、手が届かない。そんな心持ちだった。

ぼくは梯子を下りて、部屋中を歩き回って、ついには玄関まで徘徊《はいかい》の経路を広げる。

ミレニアム・ファルコン号の灰色のコックピットがぼくを見る。

何かを感じて近くへ寄った。

かたわらで、小さなブロックがベタついて、埃をかぶっている。いつの日か地雷のように足の裏側を直撃したパーツだ。

それが、どうしてか、ここにあってはならないものだと思えたのだ。

ブロックを手に取り、宇宙船に戻してやろうとした。でも――戻せる場所がなかった。

クリーム色の部品は、コックピット内部の操縦席部分にだけ使われている。だけどぼくはファルコン号を作ってから一度も崩したことはなかった。


――最近地震多すぎよね。

――このまま世界、終わっちゃったりして。


岩戸優紀は、ぼくがテレビをつけるとすぐにそう言った。仮にあの夜、地震が起きていたとしたら。落ちてバラバラになった宇宙船を優紀が直したとき、一つだけ見落としたパーツが床に残されたままだったとしたら。

あの夜だけじゃない。毎朝欠かさず、優紀はぼくより早く起きる。必ずだ。優紀は朝ほどぼくを愛おしく見るし、大量の朝ごはんを飽きずに作る。

「岩戸優紀、君は……」

ぼくは優紀に出会ったとき、目の前の出来事を到底、呑み込めなかった。なんとか理解しようとして『冬眠する』という言葉で考えを整理した。しかし思えば誰も、『冬眠』なんて言葉を使っていなかったんだ。

「冬眠するんじゃなくて……」

ぼくは壁に手をついて、こめかみを押さえた。立ち込める油の匂いに、頭がくらくらした。優紀はさっきまでここにいて、今はいないという事実に、腕が震えた。

どうして、冬眠する、なんて決めつけたんだろう。

理解できないことを無理やり理解しようとして、それで近づけると思ったのだろうか。

「それが普通だったんだな」

返事をするように、家が軋む音がした。

「じゃあこの絵は？　僕が寝てる間にずっと描いてたってこと？　それを僕に隠して？　どうして？　なんでそんなことするんだよ。なんだって——」

カンバスのささくれだった木枠を摑んだ。そのとき、何か粉っぽいものに触れた。カバーがかけられていた時は気づかなかったが、見ると、赤いチョークのようなものが指先を汚している。

カンバスを裏返した。そして見つけた。

——あたりが冷たくなれば、わたしのからだは薄暗い街道を進み始める。導かれるままに街灯と踊り、夜風と遊び、孤島のようなところで朝が来るまで、呼吸のかたちをした祈りを、休むことなく続けるだろう。わたしは目覚めを待っている。目覚めのときを迎えるために、わたしはわたしだけを連れて小さな旅に出る。

それはカンバスの裏地に、紛れもない優紀の筆跡で、何行にもわたって書き連ねられている。目覚めのときを迎えるために彷徨い歩く、孤独な夜の唄。

言葉は、ずっとここにあった。ぼくに気づかれないだけで、この家にずっと。

「優紀……」

呼ぶ。けれど、いない。

岩戸優紀はもう、この家にはいない。

ぼくの人生からも消え去った。ぼくが消し去ったんだ。

くだらない勘違いで。

梯子を使わず飛び降りた。ベッドがギュン、と嫌な音を立てて沈み込み、ぼくは転がりながら床に足をつけた。目についたコートを適当にひっ掴み、あとは財布だけ握って家を出た。

電話をかけたけど、つながらない。帰ってくるアナウンスも、今までに聞いたことのないものだ。何度かけても結果は同じ。手すりにもたれかかって、彼女が登録しているSNS全部を試したけれど、どれも通じなかった。

外門の手前で、管理人の女性が作業服を着た男性と話をしている。探るような視線が、男性の首と肩の間から差した。

わずかに冷静さを取り戻して、ぼくは連絡先を検索した。ぼくからかけるのは無しと言われてはいるけれど、背に腹は替えられない。祈るように通話ボタンを押す。

十コール目だった。諦めかけたそのとき、通話時間00：00の表示が現れる。

耳元で風が吹くような音だけが聴こえた。ひゅう、ひゅう……。それは息を吸ったり、吐いたりする音だった。

「よかった、不由美さん、よかった」

不由美さんは、確かにそこに居る。一秒ごとに増えていくこの通話時間の数字が、その何よりの証《あかし》。

「優紀が家出した、いや、僕が追い出してしまって」

『……』

「不由美は居場所なにか聞いてない!?」

不由美はため息をついた。ブレスがマイクにかかって、砂嵐のようなノイズが入り込む。

『出るべきかどうか、迷いましたよ』

「でも、出てくれた」

ぼくは熱くなったスマホを握りしめ、耳に押し当てる。

「優紀がどこに行ったか、僕には思い当たる節がない。でも今捜さないと、もう二度と会えないような気がして」

ぼくが話している間も、不由美は淡々と聞きいるばかりだった。姉想いの妹なのだから、出て行ったと聞いて身を案じないはずがないのだけど。

「不由美……知ってるの？」

『……』

ぼくは自分の愚かさを呪った。家族なのだ。知らないはずがない。ぼくが彼女を信じられなかったことも。彼女の一番の秘密に、最後まで気づけなかったことも。

『11時32分発、ひかり599号』

「えっ」

『もしあなたが今家なら、諦めた方がいいでしょう』

「待ってくれ」

『ですがもし、家から一歩でも外に出たなら……』

「不由美、君は」

『こんな電話なんて切って、早く走りやがれ、このストーカー野郎ッ！』

ブチリ、と耳元で不整合な断裂音が響く。

ぼくはコートの片側にだけ腕を通した状態で、道路に転がり出た。そこからは、ひたすら走った。明大前駅《めいだいまええき》までの最短距離は頭に入っていた。

もう大通りに抜けるというところで、背後から、エンジンをふかす大きな音が駆け抜けてきて、ぼくは思わず身をひるがえす。

「なんだよっ！」

広いフロントグリルにLのロゴマーク。銀のレクサスがぐんぐん近づいてくる。ぼくはとっさに石垣に寄りかかって体を蟹《かに》のように貼り付ける。

車が滑るところを、初めて間近で見たかもしれない。レクサスはぼくのアパート付近で急ブレーキをかけると、十メートルぐらい滑りながらぼくの少し前方で停止する。管理人さんと作業服の男性が、アパートの敷地《しきち》からキョトンと顔を出しているのが遠目にわかった。

石垣すれすれに開かれた光沢のあるドアから、漆黒の外套《がいとう》に身を包みサングラスをかけた、さながらメン・イン・ブラックみたいな格好の人物――ヒールを履いているのでおそらく女性――が姿を現す。

「乗りなさい！」

「えっ」

ショートヘアの女性は、真紅の唇で叫んだ。状況が摑めないぼくは、一歩、二歩と、警戒を背負いながら距離を詰めていく。

　痺れを切らした女性が、サングラスをはぎ取る。腐臭を乗せた冷たい風が吹き抜けて、落ち葉とともに、女性のロングコートの裾をひらりと巻き上げた。

「霜木さん⁉」

　ヒールを履いているので、身長はぼくより頭ひとつ分高い。しかしその凛とした表情は紛れもなく、霜木恵那その人だった。

「どうしてここに」

「急いでるんだろう。乗って話せ」

　霜木さんの直刀のような視線は、混乱するぼくの思考を貫いた。わかりました、と一言だけ述べる。霜木さんは運転席に戻り、助手席に置かれた茶封筒を後部座席に移す。封筒からは、銀の大型クリップで留められた赤入れ原稿が見える。そしてぼくがドアを閉めた瞬間、霜木さんはサイドブレーキを下ろし、ギアを入れてアクセルを踏んだ。

　曲がりくねった細い通路を大胆なハンドル捌《さば》きで突き進み、大通りに出る。ナビは既に、地図上に青い線と、目的地の旗を表示している。

「目的地……東京駅、って、どうして……」

　車が右に曲がって、体が大きく左に傾く。大通りと言ってもここら一帯は、明治大学などの大学が連なる学生街だ。コンビニの前には必ずと言っていいほど車が停まっているし、搬送用のトラックが道を塞いでいることなんてザラだ。

「優紀がナゴヤに帰るからだ。いや、帰ろうとしているから、と言った方がまだ希望が持てるかな」

「なんで知っているんですか」

「私はね、なんだって知っているんだ。知っているだけで、結局手出しすることができなかった臆病者さ。それよりも君、シートベルトが締まりきっていない」

見ると、インパネのメーターの横に何か、赤いアラートが浮かんでいる。ぼくはシートベルトを一旦外し、もう一度カチリと挿し直した。

改めて整然とした車内を見渡した。シートからは革の渋い匂いがして、芳香剤なんかが割り込まない、裸の車の匂いがした。指抜きグローブでハンドルを握る霜木さんは、サングラスのせいもあってか、異様にサマになっている。

「運転できたんですね」

「仕事で、足が必要だとわかったのだ。先月取ったばかりだ」

「えっ⁉」

ぼくは思わず身を乗り出して叫んだ。シートベルトが胸を締め付け、シートに反動で引き戻される。

「案ずるな。私の実家は秋田の農家でね。幼少、組合長の祖父から、よくトラクターの運転をさせられたものだ」

サングラスの脇からのぞかせる黒々とした瞳の周りが、望郷のためか少し綻ぶ。

「そうですか……でも、どうして車なんかで」

「どう公共交通網を駆使しても、最短で三十四分だ。しかもそれは駅から駅への話。車で行けば最短で十六分。この差は大きい」

「そういうことじゃないです。どうして霜木さんが車でぼくの家に横付けを」

ちょうどそのとき、遠目の信号が赤に変わり車は速度を落とした。動から静への転換。わずかに前後に揺れる霜木さんの真っ黒な上体と、ショートヘア。

「質問が多いねえ君は。この際だからなにもかも受け入れたらどうだい。いや、何がなんでも受け入れてもらう他あるまい。そうでなければ連れ戻すなど無理な話」

複雑に入り組んだ交差点を、トラックが何台も横切っていく。高層ビルが四方を囲んでいて、そのさらに上で作業用の大型クレーンがゆっくりと首を回している。

「連絡を受けた」

「優紀からですか？」

「いいや、その妹さんからだ。二時間ほど前にな。優紀が帰る決心をしたという話だった。だが私には何も連絡がなかった。どうにもおかしい」

「連絡先、知ってたんですね」

「そうだな。知っていた……」

ナビが無機質な声で道順を伝え、車は再び走り出した。初心者とは思えない滑らかな車線変更を行う霜木さんは、サングラスを黒光りさせる。

「ある学生がいた」

劇でも始めるかのような、美しいアルトの声だった。

「大学デビューに失敗した、ちっぽけなやつだ。その学生は優紀と出会ったとき、自分の信じていた自分像を打ち壊され、以来、ずっと彼女のことが好きだったんだ。その学生は、彼女のためならなんでもしたいと思った。だから彼女のしたいこと全部に付き合ってきた。それで結局、彼女の家まで行った」

ぼくはシートベルトの息苦しさを忘れ、むしろその黒い繊維の束が命綱であるみたいに掴まっていた。

「けれどそこには先客がいた。その学生と同じように、彼女に心を奪われた男。優紀に本当の春を与えられなかった男。男の方がよほど、その学生よりも優紀のことを想っていた。その学生は、身をひくことを選んだ」

黄色になった信号が、恐るべき速度でフロントガラスの天辺《てっぺん》に呑まれていく。既に制限速度を、二十キロはオーバーしていた。

「その学生って……」

「だから友達でいようとしたのだよ。たとえ焦がれる想いを捨てても、そちらの方がマシだと思って。臆病者だよ。だから——、知っているんだ。私は全部を知っている」

「じゃあ、あのことも」

「優紀が夜、眠らないことか？」

霜木さんがそう返事をしたことでぼくは、灯していた後悔の種火を激しく燃え上がらせた。五十号のカンバス。早起きと朝食。レゴブロックのありか。そして友海から送られてきた、男性客とともに酒を飲むスポーツバーの写真。その全部が、示していた。

岩戸優紀は普段、眠ることがない。早起きとか、夜行性とかではなく、一睡もしない。それが冬に眠ることを宿命付けられた彼女の持つ、二つ目の特性。

いや、違う。

二つ目ではない。それは冬に眠ることと表裏一体なのだ。

つまり冬以外で見せる彼女の寝顔は全て——演技だった。

「まったく不思議でたまらないねえ。人は人生の三分の一を睡眠に費やすという。岩戸優紀という女は、冬に眠るぶん、それ以外の季節はずっと眠ることがない。いや、眠ることができないのさ。けれどそれは……人生の三分の一を、ひとまとめにしているにすぎない。だから四ヶ月だけ眠る。広い目で見ると、恐ろしいほど正常なサイクルだ」

「クソ……」

胃液と一緒にこみ上げる言葉が全部、喉の裏側を針で突き刺すようだった。

正常。

優紀は優紀の正常さで生きていた。ただ大学が、人間関係が、社会が……人の周りを取り囲んでいるだけの概念が、優紀の正常さを異常だと決めつけるだけで。

「許せない。優紀を悪くいう大学のやつらも、勝手に誤解して型にはめる連中も、病名をつけることのできない医療も――でも一番許せないのは、彼女を異常と決めつけることに加担した、僕自身です。彼女の症状を見て、冬眠だと言って勝手にわかった気になって、守るとか言って自慰に耽《ふけ》っていた、どうしようもない自分自身です」

「自分を責めるな」

霜木さんはハンドルを切りながら言った。

「それは人生で一番意味のないことだ。何も生み出さない」

「でも」

「君が気づくのが遅かった。しかし遅すぎたということはない。君にはまだできることがある。そして、その手助けのために、私がここにいる」

「どうして霜木さんがいてくれるんですか」

三年にもなって免許を取っていないぼくは今、その凛とした横顔以上に心強いものを知らない。

「なぜだろうな。私にもわからない。ただ優紀は、君を必要としていたことは確かだ。人に裏切られ続けて、二度と傷つかない距離を保っていた彼女が、また誰かを信じようとした。君はきっと、その最後の相手だ」

「最後って……？」

「あいつは全部諦めるつもりだ。絵も、大学も、社会に触れることさえ。それが正しいとか間違っているとかの話ではない。帰ったら最後、もう二度と東京《こっち》には戻らない」


——その二十二分後。


黄色の塗装を施されたダンプカーとロードローラーは、皇居前の道路整備のためにそこにいた。その黄色い巨体のために南に抜けるルートも潰され、Uターンを余儀なくされた車たちが渋滞を作っている。霜木さんは、前列が動き出さない前に走れと言った。

十一時二十分。ぼくはドアをそっと開けて体を十月の空の下に押し出した。

四列のイチョウ並木に挟まれた行幸《みゆき》通《どお》りは、命を燃やした紅色によってことごとく染まっていた。その一本道の先に、赤茶色の建物をぼくは見る。

百年前と同じ面持ちの、煉瓦《れんが》造《づく》りの東京駅駅舎。

十年近く前、保全復元工事の完成後に行われたセレモニーで、ライトアップされた姿を母親と一緒に見た覚えがあった。

ぼくは頭の中で唱えた。大丈夫。問題ない。会いさえすれば。

ズボンのポケットの中で、スマホと財布が揺れた。呼吸が続かなくなり、速度を落とさざるを得なくなる。けれど立ち止まることだけはやってはいけないと、どんなにペースを失しても、走ることだけはやめなかった。

コートが邪魔になり、乱暴に脱いで腕に抱える。冷たい空気が肺に入り込むのが待ち遠しかった。

丸の内南口。アーケードを全速力でくぐると、ドーム状の天井を持つ改札口が現れる。左右上下斜めのあらゆる方向に、障害物レースのゲームみたいに、人が飛び交っていた。

ぼくは軟体動物になってかわしながら進んで、読み取り機に握りしめたスマホを押し当て、改札を抜ける。

頭上の電光掲示板には、次にくる車両の名前と時間が表示されている。その一番上に、ひかり　599　11：32　新大阪行き、と赤い文字が浮かび上がっている。

スマホに光を灯した。いましがた、11：28が29に変わったところだった。

南通路を進んで左折し、コンコースの中央付近へと向かう。名古屋方面東海道山陽線は、南乗り換え口。去年の十月。優紀を実家に送り出すときに安全をきすために、東京駅の地図は地下四階まで全て頭に叩き入れていた。

乗り換え口まで来たところで、三十を数えていた。頭の中で、カチカチカチと針がまわった。手汗が噴き出て、スマホの表面をぬらりと覆う。

右手を胸に押し当てれば、ふだんろくに使っていない心臓が、壊れそうなぐらいに高鳴っている。通路と階段を上った先のホームで無数にひしめく雑踏の中から、ぼくは一人の人間を探さなくてはならない。それに下宿に戻ったであろう彼女が、今どんな服装をしているのかさえ予想がつかないのだ。

全身の毛が逆立った。

目の前の改札が、徒党を組んでぼくを優紀に近づけまいとしているみたいだった。それ以外に、どう表現することもできなかった。

「無理だ」

何もかもが遅すぎたのだ。ぼくはそれ以上進むこと――、やめた。

九

わたしは東京駅の地下グランスタにいた。

冷蔵庫の中の腐りそうなものを全部可燃ゴミで出し、大切なものだけキャリーバッグに詰めて下宿を出たのが一時間前。東京駅に着いたときにはわたしの心は固まっていた。

気持ちが悪かったけれど、昨日の晩から何も食べていなかったから、仕方なくスターバックスで、オレンジジンジャーとツナのホットサンドを買った。ビターブラウンを基調にしたシックな店内は、長い足を組みながらパソコンを叩くビジネスマンや、清潔感と露出のある服を着た女の子たちで賑《にぎ》わっていて、わたしの居場所はなかった。

ダストボックスにゴミを流し入れ、店の外に出ると、生温《なまぬる》い空気がわたしの体を摑んで、行くべき場所を教えた。

四年前は迷宮のようだと思ったこの場所も、今では恐れることなく歩くことができる。五往復もした。それが全部無駄だったとは思わない。去年のこの時期に、彼は東京駅を案内してくれた。でも全然地図が頭に入っていなくて、結局二人して迷子になった。彼はなんでも頑張るけれど、時々虚勢を張る。

乗車券を通して、改札をくぐる。

キヨスクのそばのタイルの壁に寄りかかって、わたしは電話帳の一番上を開いた。

二コールと待たずに、電話はつながった。

「もしもし?」

電話の奥で、母の不安そうな息遣いが聞こえる。そして直《す》ぐに、優紀、という優しい声が返ってくる。

『今、大丈夫なの？』

「うん」

『さっきの連絡は、本当なのね』

「本当だよ」

サラリーマンが弁当と缶ビールを買っていく。そして時間に追われるように、せかせかと特急の新幹線の中に吸い込まれていく。社会とはきっとこういう人間のためにある。

わたしは口元を手で押さえる。

「突然でごめん。やっぱり私、むりだった」

うん、という母の声には、いつもとは違う温かみがあった。

「だから、帰るね」

『そうね。帰ってらっしゃい。そのための家族じゃない。決心したのね』

「決心とかじゃないけど」

『うん、そうね。でも、本気で向き合ってくれたのよね？』

壁にもたれかからせているお尻と背中が、ピリピリと痺れる。集まった体重を一点で支えるかかとが、じわりと痛み出す。でもまだホームへは上がりたくなかった。

「本気で向き合ってくれたんだと思うよ。私のこと。でもね……」

『いいのよ。優紀』

「うん……もちろん、誤解もあったけど……でも、本気で向き合ったからこそ、別れるっていう決断になったんだと思う……」

『うん』

言葉をつなぐのがこんなに難しかったなんて。久しく忘れていた、この気持ち。中学生になって初めて告白をされて、心から嬉しかった。でも嬉しいと同時に、これはどこか、お互い無理を背負っているんじゃないか、と疑った。実際に別れてしまって、止まない悲しさの裏側でずっと、ああやっぱり、という諦めが揺れていた。

「私……私……なつきくんに、まだ言ってないこと……たくさんあるのに……。ああ、だめね、こんなふうにしてちゃ」

目元を袖で乱暴に拭って、わたしは首を横に振った。嗚咽《おえつ》を喉から外に出さないように必死だった。それは吐き気をこらえるのと少し似ていた。

スピーカーの奥で、がさがさ、と音が立つ。

『ねえ、優紀』

騒音はしばらく続き、最後にゴト、という音がして、静かになる。

『あのことは言ったの？』

「……」

駅を行く人の足音と話し声、土産物屋の呼び込み、新幹線の発着音が全部消えて、母とわたしの二人だけになる。そのうちに、母は、うん、うん、と呟いた。

『言えなかったのね』

わたしは何度も声を詰まらせて、長い時間を費やした。

そう。わたしは結局、言えなかった。

どんなことよりも先に、言うべきだったのに。

「なつきくんはね、ほら、優しいから。本当のことを伝えたら、きっと……夜、眠れなくなっちゃう。ずっと……起きているって言って、それで」

『嫌われるかもしれないと、思ったのね』

「彼はすごく、頑張り屋な人なの。自分を犠牲にしてしまう人なの。これ以上迷惑をかけたら、もう、対等な関係なんて築けない」

いや――。

心の底ではそれが、醜い言い訳だとわかっている。

どんなことでも二人で話し合って考える。そう決めたはずなのに、わたしは抱え込んで、ひとりでダメになった。言えなかったのはただわたしが臆病だからだ。

それを、この期に及んでまだ夏樹くんのせいにしている。

『難しいわね。認めるのは、恐ろしいわね。私だってそう。あなたが普通と違うということを、一番認められなかったのは私。ごめんなさい』

母の声がうわずった。

『優紀、ごめん。ごめんね』

そして何度も謝った。そのひしゃげた声は、次第に水っぽい涙声になっていって、鼻水を啜る音も混ざった。

「ううん。お母さんは悪くない……お父さんも。結局、私なの。ぜんぶ私のせい。この症状のことを、なつきくんが訊きにくるのを、待ってた。自分から言い出せないから、彼に全部押し付けてた」

もう泣くまい。心に誓ったその瞬間、昨年の春の名古屋での夜が盛大にフラッシュバックした。わたしの手を取ってくれた彼の右手の温かさ。永遠に続く孤独な夜に差した、一筋の光が——その眩しすぎるぐらいの頑張り屋な笑顔が、わたしをどこまでも引っ張っていってくれる未来を想像した。

守ると言われたその瞬間から、わたしの心は守られていた。

けれどその未来を投げ捨てたのは、わたしだ。

「私は……彼を裏切った。夜中にしているバイトのことを話さなかった。春人と文通をしてたことも——」

春人のことを、家族ぐるみで拒絶してしまった過去がある。そんな彼から、一昨年から届き始めた手紙。そこには専門学校に通い始めたこと、そして一方的な思いを押し付けた過去に対する謝罪が書かれていた。

違う。謝罪されるようなことはされてない。だから返事を返すしかなかった。それが彼と二人で犯した間違いに対する、けじめだったから——。

全部、夏樹くんに。話していれば、もしかしたらわかってくれる可能性があったかもしれない。結局は話すことが怖かっただけだ。わたしが彼の前で、いい格好をしていたかっただけ。

一方的に知られてしまった。今となってはもう、何もかも醜い言いわけだ。

『あなたが、医療費を払いたいから夜間バイトをすると言ったとき、私は反対したわ。いくらスポーツバーとはいえ、娘を夜中にひとりで働かせるのはどうかと思ったから。でも今はこう思ってる。あなたが前向きに生きるためにすることはぜんぶ誇らしい』

母は、少し変わったかもしれない。思えば妹に、理由なしで美しくある人、という意味で不由美と付けたのは、母だった。ねじれていたのは全部、自分。何も変われなかった自分には、この結末が当然の報いなのだ。

『あなたは良くやった。大丈夫。こっちにはママとパパがいるから。帰ってらっしゃい、優紀』

アナウンスが耳に入り、電光掲示板を見上げる。ぼやける視界の中に、赤い文字でのぞみ、と出ている。

「じゃあね、お母さん。もう直ぐ来る」

『気をつけて帰ってきてね』

「うん。ありがとう」

わたしは電話を切ると、背中を擦り付けながら、その場にしゃがみ込んだ。膝と膝の間に顔を埋めて、その中に嗚咽を流し込んだ。自分の心臓の音が聞こえるようになるまで待ってから、わたしは立ち上がった。


わたしの目の前を空気の矢が突っ切り、目尻に溜《た》まっていた涙の残りを吹き飛ばした。新宿駅での転倒事故が頭をよぎり、白いラインで隔てられた位置から少し退く。

無数の窓の中には、無数の人影があった。目にも留まらぬ速度で右から左へと流れ去っていく人影の全部が、わたしを卑劣な人間だと非難しているみたいだ。喫煙所や休憩所のベンチから人が立って、わたしの後ろに列をなした。一歩前に出ると、後ろの人も一歩前に進んだ。わたしは人の列の一番後ろに回って、自販機にもたれかかる。

白と青の塗装をされた新幹線は徐々に速度を落とし、やがて警告音を鳴らしながら完全に動きを止める。大きな荷物を持った人たちが断続的に出てきて、それが落ち着くと外套を羽織ったサラリーマンとバックパックを担ぐ老男性が競うようにして十四号車に入っていく。そこに背中にラケットケースを背負ったスポーツウエア姿の高校生女子の団体と、子供を七人ぐらい抱えた家族連れが続いた。

社会をうまくくりぬいたみたいな長方形のドアは人々を吸い込んでいき、空っぽになった車内が再び充填されていく。わたしは乗車券に視線を落とす。十四号車の十四のC席。急だったので、三連席の通路側しか取れなかった。

立ち止まっているわたしの右と左を、客が小走りで通り過ぎていく。

一歩、二歩、と足を進め、点字ブロックの位置まで来る。売店で小銭が出せずに手間取る汚れたニット帽の男性と、その後ろでより険しい表情で両肩を抱きながらブルブルと体を揺するゴシック服の女性が横目に入る。

わたし、なんのためにこの街に来たんだっけ。

絵を描く大学に入ってまで、何か追いかけなきゃならない夢があったんだっけ。

汚いし、うるさいし、冷たいし。良いことなんて、どこにもないじゃない。

ゴシック服の女性が新幹線へ急いだ。駅員が出てきて前後の確認を始めている。

「乗りまあす！」

わたしは手を上げて叫んだ。眉を大きくアーチにさせた駅員さんが寄ってきて、輪郭の太い白手袋でわたしの背中に手をやって、ほんのわずかに圧をかけた。

「急いでください。もう発車です」

「はい。急ぎます」

キャリーバッグの取手を押し込み、側面の取手に切り替えて持った。軽い。わたしの人生は、こんなに軽かったんだ。

――待って！

背後から放たれたその声はわたしをそっと抱き止め、それ以上一歩も進めなくさせた。ちゃんとこうなることがわかっていた。でもどんな顔をしたらいいかわからない。目を丸くする駅員を横目に、わたしは一呼吸だけ自分に、表情を作り替える時間を許した。なるべく笑顔で、振り返る。

「待って！　そっち大阪方面だよ、逆だよ逆」

大柄の男性の声で、女性が足を止める。女性は切符と新幹線とを見比べて、それから振り返ると、恥ずかしさを隠すように笑って男性の元へと走っていく。

ああ、わたしって馬鹿だ。

聞こえるはずないのだ。

わたしの人生にほんの数ミリだけ関与し、歩き去っていく男女。ざあ、ざあ、と聞こえる雨のような雑音と、そこには、左右に忙しなく行き交う人の流れだけが残った。

耳鳴りがして、再度体を捻る。発車メロディがわたしを急《せ》かす。

駅員さんが何か合図を出すと、閉まりかけたドアがもう一度開いた。駅員さんの背中を押す力が、さっきより大きくなった。その力から逃れるように、わたしは前へ歩いた。

たった数歩のことだ。思うよりずっと軽い。

振り返りさえしなければ、たやすいことだ。

「もう大丈夫です。乗りますから」

駅員さんは笑顔でうなずいて、わたしから距離を取る。車両とホームの隙間からわずかに駆動する車輪と線路が見えた。段差を跨《また》ごうとしたその時、駅内アナウンスを知らせる柔らかなアラートが頭上で鳴った。

『駅内のお客様に迷子のご案内をいたします。唐辛子色の服を着た十三歳の……』

唐辛子色って何色だろう。それに、十三歳の女の子、って。それは、ちょうどわたしの上京が決まったときの、不由美の歳と同じだ。名古屋駅の銀時計前の改札で、ひどくむくれていたのを覚えている。手も振ってくれなかった。

『イワトユキちゃんを、見かけた方』

わたしは車両の中に置いた足を、思わず引っ込める。

え？

『イワトユキちゃんを、見かけた方。お兄さんが捜しておられます。心当たりの方は迷子センターまでご連絡下さい。又、お近くにいる様でしたら、迷子センター前までお願いいたします』

目の前で、今度こそ扉が閉まった。呆然とするわたしの肩を、駅員さんが無理やり引っ張って車体から引き剝がした。

「ちょ、ちょっと！」

「離れてください、危ないから」

シュウ、というやるせない音を出して、わたしの指定席がのたのたと動き出す。

『心当たりの方は迷子センターまでご絡下さい。又、お近くにいるようでしたら、迷子センター前まで――』

わたしはしばらく、速度を上げて走り去っていく新幹線の後ろ姿を、次に来る車両のことも忘れ、眺めていた。

十

みどりの窓口とキヨスクの間に挟まれた迷子センターへ、水色のキャリーバッグをひいた優紀が、とろとろと歩いてくる。窓口の出っ張りに腕をついて、胸を押さえながらしゃがんでいるぼくに気づくと、優紀は唖然として、キャリーの伸ばした柄をバタリと取り落とした。

　ぼくは立ち上がって、二十歩ほど離れた位置に立ち尽くす優紀の方をまっすぐ向いた。その表情は初め、困惑に眉間を歪ませていたが、しだいに目尻をつり上げ口をプルプルさせる。

「ぼくが呼んだ」

　迷子センターの職員らしき事務の女性が窓口からぎょっとした目でこちらを覗き、ぼくと優紀を見比べると、怪奇現象でも見るように首を曲げる。

「こうするしかなかったんだ。乗車券、買う時間なくて」

　優紀の口は固く結ばれたまま。

「話がしたくて」

　それはなかば、脅迫だったかもしれない。ぼくのせいで新幹線は逃げていってしまった。次が発車するのは、十一分後。それをいいことにぼくは、優紀の体をこの不安定な沖合につなぎ止めている。

「どうしても謝りたくて」

「あなたが謝ることなんて、何も」

「僕が君を冬眠する人間にしてしまった」

　パソコン作業に戻っていた事務の女性が、再び目を剝いた。

ぼくは十歩進んだところで止まって優紀を見る。

「自分のことを、どこかで、特別だと思っていたんだ。僕ひとりが冬に置き去りにされてるって、まるで悲劇のヒロインみたいだって。だから君が実家で眠っているのを最初に見たときに、冬眠してるんだって、そう決めつけてしまった」

あのときぼくは、答えを出したのだと思った。とんでもない出来事を目の当たりにして、それが何なのか、名前をつけたくて必死だった。自分が何かのストーリーの渦中にいることに興奮した。だけどそれはただの──、部外者の決めつけだった。理解したいという顔をして、理解から一番縁遠いところにいた。

「僕も、君を夜に置き去りにしていたんだね」

優紀の表情がくしゃりと潰れる。

ぼくも優紀より先に涙を流してはなるまいと、表情を固めるのに必死だった。

「君に対する偏見を憎むふりをして、一番の偏見を持っていたのは僕だ」

コンコースへ、冷たい生温い風が降りて吹いた。びゅうん、とぼくらの髪とコートをぐしゃぐしゃに揺らす。

「じゃあ、絵を」

「見たよ」

優紀はわずかに頰をほころばせたあと、表情を引き締め、恥ずかしい、とこぼす。

「それでわかったの？」

「うん、でももっと早く気づくべきだった。君を、疑ってしまった」

「そっか」

今も、多くの人が新幹線のホームに上がっていく。ただ、人の流れがぼくと優紀の間に割り込むことはなかった。あるはずの喧騒が遠のき、優紀の体の輪郭だけが、青白い照明に照らされて浮かび上がる。

優紀は、わずかにふっくらとした赤い唇を動かした。何かを呟こうとして、声になる前に呑み込んだ。

「だから、ごめん――」

「だめね」

ぼくの言葉を断ち切った優紀は、後ろめたそうに斜めを見る。

「だめね、こんなふうにしてちゃ。話を聞いたら、それでおしまいって思っていたのに。声が聞けて嬉しいと、少しだけ、思っちゃった」

優紀はそう言うと、スカートを手で押さえながらしゃがんで、キャリーバッグの柄を掬って立ち上がった。その目には先ほどまでの湿潤さはなく、どこか不由美さんのそれに似た、力強さと濃い影が浮かんでいる。

「覚悟したことなの。ごめんなさい」

頭を下げる黒い髪が、乱れながら垂れた。九十度、ぴったりと折り曲げられた腰は、人の目を引いた。

「今までありがとう」

告げられた言葉が、ぼくの目の前に断絶を作る。視界が歪み、熱いものが腹の底から湧き上がる。

「もう次は、乗り遅れないようにしなきゃ」

頭を上げた優紀は、固まっているぼくを尻目に、改札の精算所に向かう。その背中は出会った夜に見たのと同じ、どこか他人行儀で人を寄せ付けない雰囲気を背負っている。

手を伸ばせば届く距離なのに、それができない。優紀は精算所の自動ドアをくぐって駅員を呼んだ。ぼくの足が動かないのは、ここで無理に引き留めれば、必ず失敗するという確信があったからだ。何かがまだ、ぼくの腕の中に足りていない。

何が足りない？

一緒にいたい。そばにいたい。好き。守りたい。そういう子供の理論ではどうにもならないものが、歴然と目の前に立ち塞がっている。

それはなんだ？

彼女が一番怖いと思っていること。一人ぼっちになること。ここで帰ることが、ぼくとの関係に終止符を打つのだと、他ならぬ彼女は知っている。ひとりぼっちになることだと知っている。でもそれ以上に彼女は、限界を感じたのだ。

精算所の自動ドアが開くと、優紀が戻ってきた。改札の前で歩速を緩めると、ぼくに一度だけ、視線をくれた。

その刹那ぼくは、瞳の中の、美しくて、はかない闇の正体を、やっと射止める。

「生きるためだったんだろ⁉」

優紀の足が止まった。

ぼくは目一杯肺に、空気を溜めた。

「全部、君が生きるためだったんだろ？　僕が間違ってた。君は……、いつだって命がけだった。だってそうだ。寝たきりになっている間、君は自分の命の手綱を、完全に手放す。それは必ず、代わりに誰かが握ってなきゃいけない。でも誰が？　両親が？　妹が？　どちらにしたって、ずっとはあり得ない。君はいつだって、ひとりになることに漠然とした死の恐怖を感じていたんじゃないの⁉」

めまいがした。そんなことに気づけなかった自分が、人の痛みにあまりに鈍感な自分が、憎くて仕方がなかった。奥歯がゴリゴリと鳴って、指の爪は掌に食い込んでいた。

「そうだったら……」

小さな背中と丸っこい肩が、ふるふると震え出す。

「そうだったら、どうするの……？　なつきくんは……死ぬまで……私と一緒にいてくれる⁉」

「当たり前だ！」

優紀の腕を奪って、改札から遠ざけるように引き寄せる。相対した優紀の赤く腫れ上がった目が、焦点をブレさせながらぼくを見上げる。

「そんなのは当たり前だ。ずっと一緒にいる。……いや、わかってる。僕が今、どれぐらい無責任なことを言ってるか。自分の言葉の軽さに本当に嫌気がさしている」

「だったら離してよ」

優紀の腕が弱くはない抵抗を示した。ぼくはそれを、腕力に任せて抱きしめた。

「でもこう言うしかないんだよ！」

弱くない力で、優紀の左の握り拳が、がしがしと肩や首を叩いた。ごめん、ぼくは耳元でそう繰り返す。押し返す力がだんだんと消えていき、やがて優紀の体は、ぼくの腕の中でなされるがままになった。

「でも、こう言うしかないんだ」

せきを切ったように喚《わめ》き声《ごえ》が溢れ、ぼくの肩と鎖骨の間に、温かい吐息がじわりと染み入った。痙攣《けいれん》する後頭部にそっと手を添えて、ぼくも優紀の耳にかじりつくように頭を埋める。ごめん、という言葉が繰り返された。ほとんどそこに言葉の意味なんてなくて、しばらくぼくらの間に交わされた意味あるものは、荒い息遣いと指先を伝う体温だけだった。

「きれいだったよ」

ぼくの口から滑り出た言葉。抑えがたい感動。今になって頭の中でスパークする、あの瞬間の衝撃。

腕の中から離れた優紀は、黒々とした瞳を輝かせながら不思議そうに小首をかしげる。

「きれいって？」

「絵」

「え？」

「君が描いてた。でっかいカンバスの」

「ああ」

優紀はふうん、と鼻声を出して何度かうなずくと、丸く膨れた二重《ふたえ》瞼《まぶた》をぱちぱちとさせる。

「……もしかして裏側……見た？」

ほんのり頬を赤く染めて訊ねる優紀に、ぼくがばつの悪い笑顔を返したとき、頭上の電光掲示板から、四十二分発の表記が消えた。

一週間後、ぼくらは名古屋へ出発した。不由美も誘ったけれど、目の前でイチャつかれるのが嫌だからと言って、二日遅れて東京を発《た》った。

ぼくの滞在場所は、物置部屋に決まっていた。毎年訪れるたび埃が積もっていたが、これを掃除するのが泊めてもらうせめてもの礼儀だと思っている。

もし君が、冬の間眠り続けることなく、ごく普通の人生を歩んでいたとしたら、ぼくは君に出会っていただろうか。君と家族の家に上がりこんで、冷たくなっていく君の手を握っているということが、ありえただろうか。

その問いに答えを出すには、まだ日が浅すぎる。ただ去年に続き今年も、ぼくは彼女の手を握る役目をもらった。

ぼくはその理由を、灯子さんに訊ねた。曰《いわ》く、家族はいつか、離れていくものだから。優紀がその手で、よすがを手に入れなければならない。

それはあなたかもしれないのだと。


君を送り出したその翌日、二〇二〇年十一月一日。気象庁は長野で初雪を観測した。

ぼくはまたひとり、冬へ向かって歩いていく。

たった一つ、変わらない約束を胸に。

そしてその冬、日本の最低気温と降雪量は145年ぶりに更新された。

わたしの目の前には、長い道が横たわっている。

夜は明けることを忘れ、ずっとわたしを一人にさせたいのだ。

だけど体を地面に縫い止めていた糸を断ち切ってくれた人がいる。小さなカンテラに、光を灯してくれた人がいる。

あなたは決して隣を歩いてくれない。これはわたしの旅路で、わたしだけの時間だ。

だけどあなたが吹き込んでくれたカンテラの光は、あなたがいない夜を照らし続ける。


あなたの呼吸が聞こえている。ベッドの上で浮き沈みする胸が愛おしい。

あなたの体温を感じている。布団に抱かれた温度が、わたしの皮膚を今も温めている。

わたしは手を振っている。すぐ戻ってくるとひそめた声で叫んでいる。


わたしは目覚めを待っている。

たった八時間の旅が永遠のように長くとも、必ず朝日は昇るから。

目玉焼きとトーストを焼いて、コーヒーを淹《い》れて、わたしは今日もあなたの目覚めを心待ちにしているのだ。

終章　きみは雪をみることができない

目を開けると、そこには、ぼんやりとした灰色の世界があった。

ピッ、ピッ、ピッ。規則的に鳴る電子音が頭の方から聞こえている。

とてもながい、ながい、夢を見ていた気がした。

彼に……夏樹くんに会いたい。その一心でわたしは、起き上がろうとした。けれどいつも以上に、力が入らなかった。ぼやけた視界。歪んだ音。それに声も出ない。

誰もわたしが起きたことに気づいてくれない。お母さんは？　不由美は？　どちらかが必ず家にいるはずだ。早く夏樹くんに電話をかけたい。

踏ん張ってベッドの下で両足を引き寄せて、なんとか体を起こす。いまだに目はぼやけたままだが、動きづらかった原因は一目瞭然だった。

両手両足に巻かれた、黒い包帯のようなもの。それがギチギチと、前開きの入院着の上から、上腕と前腕、太腿と脛《すね》をそれぞれ締め付けている。黒い包帯は、時折びくんと跳ね、わたしの体に電撃のような衝撃を与えている。一定時間ごとに繰り返されるその衝撃は、意識したとたん、耐えがたいほどのむず痒さに変わった。

「な……これ……か、ゆっ」

声が出始めたことが、飛び上がるぐらい嬉しかった。包帯の継ぎ目を探って、反対の手を差し込む。皮膚に密着する部分はジェル状で、血圧計のようにマジックテープで留まっている外側をビリビリと剝がしていく。

ふと、視線を持ち上げると、そこには、見知らぬ天井があった。

視線を下ろすと、見知らぬ窓があった。見知らぬドアがあった。

体を起こしたままお尻をずらしていき、左腕に刺さった針を抜いて、枕元の箱からガーゼを当てた。じわり、と赤く滲む指先に、しばらく力を込め続ける。

「よ、し……」

呼吸を整えて、イチ、ニ、サンで体重を膝に移した。

不思議なことに、崩れ落ちることなく、立つことができた。カーテンに手をかけ、そっと横に引く。しゃー、という音を立てて淡い光が差し込む。

わたしは初め、それが何かわからなかった。白い粉がたくさん空から降っている。まばらな大きさの粒が一瞬で右斜めに消えてしまうことが、吹く風の強さを思わせる。

お父さんや夏樹くんが、サプライズをしているのかもしれない。けれど白い粉は一向に降り止まず、部屋のドアを叩く音も聞こえない。

「そうだ、スマホ」

お気に入りの亀のスマホスタンドが見当たらない。もう一度横長の窓を覗き込むと、遠い眼下に、ネオンを灯し始めた街が広がっている。

わたしは確か、夏樹くんに見送られて旅立ったはずだ。

じゃあまた、春に。という夏樹くんの声が、今でも耳元に残っている。

「なつきくん、今どこにいるの……？」

二度目の春、彼は目覚めぎわのわたしの手を握っていてくれた。彼がいてくれるだけでわたしには、それが特別な目覚めになった。

無垢材の扉を睨み、ベッドの端から反動をつけて立ち上がった。膝から崩れ落ちたときのためにできるだけ低姿勢になって、両手で体を支えられるように準備し、一歩、一歩踏み締めて歩いた。

扉は、押せば簡単に開いた。途端に、今まで感じたことのない冷気が吹き込む。

身震いしたわたしは、クロゼットを手当たり次第に開け、白い下着と長めのスカート、適当なタートルニットを取って一旦ベッドに戻って着替えると、再び壁沿いに進んだ。

途中から手すりが出現して、木製のそれに頼りながら玄関まで歩いていく。

傘立てにクラッチ杖、帽子かけにコートとムートンキャップが見つかった。コートは少し大きかった。靴入れのドアの一つが、そのまま鏡になっていた。

わたしは、鏡に映る等身の自分を眺めた。もうすぐ二十五歳を迎える、大学三年生の自分がそこにいる。

満足なコーデとはいかなかったが、それでスニーカーを履いて、玄関を出た。

「ここ、どこ」

眼下には、見知らぬ町が広がっていた。

沈みかけた太陽が地平線の向こうに見え、薄桃色の空がだんだんと青ざめてくる。

「人に会わなきゃ……そう、交番」

エレベーターのボタンを押そうとしたが、操作はタッチパネルだった。

エントランスに出ると、自動ドアが開いた。腕を組む男女が紙袋をいくつか提げて歩いてきて、すれ違いざまに会釈をする。わたしは声を絞り出そうとしたが、腰を折る以外に何もできなかった。自動ドアが閉まる前に、なんとなく急いで外に出た。

冷気がスカートの裾から入り込み、腰まで達する。コートの前を閉じる。

白い粒が、ほろほろと紫の空から舞い落ちてきて、鼻の上に落ちた。冷たかった。実感が無かった。あの部屋から見るのでは。けれど今は違う。

両手を広げて、しばしそこに留まった。両手を合わせてカップを作り、落ちる冷たさをその中に集めようとした。粒は大きく見えるのに、手に触れた瞬間消えて、涙のような滴に変わってしまう。それを掴むことを諦めたわたしの隣を、もう一組のカップルが通過しようとした、そのときだった。

「もしかして、１４０５室の方ですか？　目覚められたのですね」

その優しげな女性の声は、だいぶ下の方から聞こえた。見ると、幼児のような背の女性が、背の高い男性に手をつながれてこちらを見上げている。女性は一見すると本当に幼児のようだが、声の質と顔の作りから、大人の女性だとわかった。男性も少し困ったように眉を寄せ、低頭した調子でわたしを見ている。

「あの、私のことを、知っているんですか？」

「ええ、多分」女性は並びの悪い歯を見せて、にこやかに言った。「もちろん書類上で、ということですけど。ここは、ふるさとビルですから」

「ふるさとビル……？」

「昔ながらの、地域の助け合い精神を応援する、プライバシーフリーのビルです」そう言って女性は少し慌てた調子になって、両手を胸の前でわっさわっさと振った。「もちろんぜんぶ筒抜けというわけではないですよ。ご家族の職業と、年齢と、抱えている注意すべき疾患がわかります」

「疾患……」

「私のように、見ればわかる人もいますけど、そうじゃない人もいますからね」

女性は頭をぽりぽり掻いて笑いながら、自分のことを指さして言った。

「待ってください。私は、どういう疾患だと書かれているんですか」

わたしはまだ喋りたそうだった女性を遮った。

「あなたは、たしか……」

男性がしゃがみこんで、頭をひねる女性の小さな手を握る。冷えるからそろそろ行こう、と小声で声をかける。女性はうなずくと、再びわたしを見上げる。

「『スノースリープ・シンドローム』指定難病の一種だったと思います。一定の温度周期に入ると、代謝や加齢が著しく遅くなって眠り続ける疾患、だったかと」


イルミネーションを纏った街は、雑踏で溢れていた。それはわたしが今まで見たことのない冬の街の賑わいだった。だけどおかしいところはもっと別にある。たとえば建物のガラスに時折映像が映ったり、運転手のいない車が道を走っていたりすること。交番を探してわたしは歩き回った。けれど見つからない。誰かを呼び止めてスマホを借りようとしたけれど、街ゆく人は皆耳に光る装置をつけていて、誰もスマホなんて持っていない。

そこには知っているものは一つもなかった。

服装も、歩き方も、物を食べる仕草さえ、わたしの知る世界と違って見えた。

ついにわたしは足を止めた。『完全栄養ジュース』と書かれた飲料店そばに、いくつか自販機が並んでいるのを見つける。わたしはそのうちの二台の中に挟まって、石畳にしゃがみ込むと、杖を膝の下に差し込んで、そのまま降ってくる白い粒を眺めた。

「ちょっと、休憩」

大丈夫、時間を潰すのはわたしの得意分野だ。

街は見つめているだけで、わたしが関与せずとも勝手に流れていく。どれほど時間が経ったろう。道を埋めていた人の層もまばらになって、運転手のいないタクシーばかりが走るようになった頃だった。不意に視界に、影が降りた。

「大丈夫ですか？」

わたしはその声に両肩を震わせ、左右の自販機をがくんと揺らす。

「は、はい」

顔を上げたわたしは、影の中に埋もれた男性の姿を見る。表情は逆光で見えなかった。膝下から杖を取って、立ち上がろうとした。太ももが痺れて、力が入らない。体が崩れそうになる。

「おっと」

男性はわたしの肩下に腕を入れて、支えを作った。おかげで転倒を免れたわたしは杖で筋力を補うと、痺れが遠のき、男性の腕からそっと離れる。

「す、すみません」

「いえ」

男性は心なしか震えているようだった。その震えを見て、わたしが震えることさえ忘れた世界の寒さを思い出す。

「ぼく、そこで仕事をしていたんだけど、二時間経ってもそこから動かないものだから……。もしかして、と思って」

「もしかして……？」

男性は一瞬困ったように眉を寄せて、白い息を吐いて続けた。

「もしかして、体調が優れないのかと心配になってしまって」

丸い眼鏡に口髭を蓄え、スーツの上にネイビーのチェスターコートで身を包み、ワークキャップをかぶった五十代ぐらいの男性は、傘をこちらに差し向けた。

「出版社勤務なんだ」

男性は、鞄を空いた手に持ち替えながら言った。

「昔は小説家を目指していたのだけれど、なかなか難しくてね。それで今の仕事に」

「そう、なんですね……」

「上司の女性が大学の先輩なんだけど、変わり者だし、死ぬほど厳しくて、逃げるようにコ・オフィスに……っと。突然話しすぎてしまってすまない。つまりぼくらは――」

男性の瞳が一瞬、遠いどこかを見つめている。

見ず知らずだというのに、不思議と恐怖が働かなかった。しかしそれこそがどこか不気味で、わたしは返す言葉を持ち合わせていなかった。

男性は、逡巡の奥についに正しい言葉を探りあてたかのように告げた。

「つまりぼくらは、こんなところで話していると風邪をひくと思う。近くに、行きつけの店がある。まずは一杯……いや、一皿奢らせてほしい」

わたしはその傘を恐る恐る受け取った。


「一年前から、ある新人作家の担当になってね」

道すがら、わたしの右隣を歩く男性はそう切り出した。

男性から手渡された黒い傘は、わたしの体を覆うには十分すぎた。その上、男性は鞄から小ぶりな折り畳み傘を取り出したので、わたしたちの間には相応の距離が生まれた。しかし距離を感じるのは、男性のずっと俯いたまま歩く奇妙な歩き方のせいもあったに違いない。

「彼は、大学の頃から書いているそうだ。見事夢を叶えた人だ。だけどデビューはゴールじゃない。並大抵じゃない道に足を踏み入れた。ぼくにできなかったことをやってのける人。だからこそ彼を全力で応援したいと思うんだ」

「そうなんですね」

「今向かっているのは、その彼と、会議後によく飲みに行く場所なんだ」

男性の話すことすべてが、どうでもよかった。しかし今、わたしがしがみつく傘はこの男性のもので、わたしがまともに会話できる相手もこの男性だけ。これからどんなところに連れて行かれるにしても、文句は言えない。

窓ガラスそのものが画面になっている建物が増えてくると、男性は路地へと曲がった。わたしの足は不思議なくらい抵抗なく進んでいく。初対面だというのに、彼とはなぜか話しやすかった。ほとんど彼への興味だけが、わたしの体を運んでいた。

「ヘンかな？　……大丈夫、よく言われるんだ」

さっきから何度も、男性の表情を盗み見ていたのが裏目に出てしまった。わたしは首を横に振るけれど、男性は顔を上げないまま、自嘲ぎみに笑って言った。

「この季節のせいだよ」

煤《すす》けた商業ビルの一階。段差はスロープで埋められている。店頭には看板らしきものはなく、赤い円で包まれた十字の入ったエンブレムが、小さくかかっていた。

赤と緑が基調の、カジュアルな雰囲気の居酒屋だった。のれんもなく、店先に看板が置かれることもない。それでも高級クラブやバーではないと言い切れるのは、テーブルに粗塩と七味の瓶が置かれているからだ。

ほのかにスパイシーな香りが漂ってきて食欲を刺激したが、それは今のわたしにとって、苦痛以外のなにものでもなかった。お腹を押さえ、前傾になって、一番近くにあった椅子まで急ぐ。

わたしたちの他に、客はいなかった。店員は一名だけ。男性はコートをフックにかけると、革の鞄を隣の席に置いて、席についた。

「いい雰囲気でしょう。昔、家の近くにあった居酒屋なんだけど、店舗移転してね。ぼくも追いかけてこちらにきたというわけだ」

店員が水を運んでくると、男性はさっとメニューを開いた。わたしは水を少しずつ、ゆっくりと、飲み干した。

男性は自分の料理を注文したあと、わたしを一瞥して何かを追加で頼んだらしい。

「私、いまは……」

「大丈夫」

ほどなくして運ばれてきたのは黒い粉末の載ったきゅうりと、透明なスープだった。

「ユニバーサルマークがあっただろう？　多くの店で昔よりだいぶ理解が進んでいてね。クローン病の人やムスリムも満足できるようになってる。それは低残渣《ていざんさ》で高栄養なスパイスオニオンスープ。ぼくのは痺れキュウリ」

わたしは、底の浅い皿に入った透き通った褐色のスープを、大きな銀のスプーンで掬い上げて口に運んだ。舌が焼けるほど熱く、飲み込むと胸のあたりがじんわりと温まる。

子供の頃お母さんは、目覚めたてのわたしに再三注意をした。ゆっくり飲みなさい。あなたは目覚めていても、お腹の中はまだ眠っているのだから。わかっていた。スプーンを動かす速度を落とすべきだった。でも、できなかった。

「ゆっくりだよ」

皿の底にスプーンの背がぶつかる、こん、こん、という音がずっと響いていた。止まらなかった。鼻を摘んで飲んだエンシュアドリンクを思い出す。黒糖はまだいけるけど、チョコレート味は最悪だった。でもこれは、まるでこれは……。

「ゆっくり、そう、ゆっくりだよ」

男性の声が、なぜだか、お母さんの声に重なる。音域も、声の太さも、大きさも、全然違うのに。お腹の中の痛みが、全部ではないけれど、ほとんど消えてなくなる頃には、皿は店員に片付けられていた。

「美味しかった？」

「はい、とても」

「よかった」

男性は帽子をずらして、口髭を揉《も》みながら笑った。ぶうん、ぶうん、と頭上で回るシーリングファンの音が耳に障った。カウンターの柱沿いに、瓶入りの唐辛子のようなものが見える。記憶はあべこべだった。どこかで見たようで、一体どこで見た光景なのか、思い出せない。

「こんなの、おかしいですよ」

お腹いっぱいに広がる温かさが、わたしを、溶かしていく。

「あなた、変ですよ……。だって私の体調のことを、知っていたから、ここへ連れてきたんですよね……？　そもそも、なんで私、こんなところに……」

男性はただ黙って頷きながら、口元には穏やかな笑みをたたえている。

「あなたになにが……わかるんですか……。どうしてそんなに、すべてお見通しみたいな顔ができるんですか……。こんな、こと、おかしい。私自身がわからないと思っていることを、どうして、そんなに……あなたが、何を知っているんですか」

狂っている。

いや、最初から狂っていた。

わたしが生まれた瞬間から、こうなることは全部決まっていて、どれだけ精一杯頑張っても、どのような道を辿っても、破滅することは目に見えていたのだ。膝の上で握った手が、拳になり、やがて石になった。視界が滲んで、耳鳴りが轟いた。

「全部、とは言えない。でも、ゼロじゃない」

「そんなはずないでしょ！」

「ぼくはね」

男性は帽子を取って、テーブルの上にそっと置いた。

短く切りそろえられた髪が、ふわりと広がる。

「よく転ぶんだ。あるときからずっと、空を見ることができなかったから。特に冬はいけない。落ちてくる白いやつ。あれがいけない。あれが目に入らないように、外を行くときは必ず黒い傘を持って行った。傘は転ばぬ先の杖には、なってくれない。でもたまにはああして、役に立つ」

男性は眼鏡を外し、わたしの目をじっと見た。

「それは……どうして……？」

「ずっとそばにいると約束した人がいた。でもその人は遠いところに行ったまま、なかなか戻っては来なくて、ぼくはただ、手を握っていることしかできなかった」

黒と白にくっきりと分かれた瞳。それは見覚えのあるなんてものではない、記憶が閉じる最後の瞬間にさえ、いやというほど見たはずの瞳だった。

「でも、そんな、だとしたら、おかしいわ、だって」

「本当狂ってるよね。でも、嫌だった。ぼくは――雪を見ることができなかった」

たるんだ頬と目元と、鼻が開く角度に伸びた二本の線、口元の穏やかさ。シミも多く、額には深く刻まれたしわがいくつもあった。硬くなった髭は、ちゃんと手入れできているのか疑わしい。が、顔にこびりついたそれらの『時間』をぜんぶ剝ぎ取って残った表情が、わたしの記憶の中に棲《す》むそのたった一人と一致する。

男性は――、いや、彼はゆっくりと立ち上がった。その立ち姿を、わたしは覚えている。そうして、わたしの椅子の隣まで来ると、ひざまずいて、わたしを仰ぎ見る。

「あなたと一緒に見る以外は、嫌だったんだ」

彼の声は甘ったるく響いた。

わたしはいつのまにか言葉を失っていた。伝えるべきいく万もの言葉が弾け飛び、何ひとつ音になることをやめてしまった。激しく打つ心臓の音も、喉の上をかすめる呼吸の音も、テーブルクロスを掻く爪の音さえ、その一瞬ばかりは全部が消え失《う》せて、わたしはただ、彼を見つめる一個の瞳になった。

彼の手がためらいながら、わたしの膝を上ってくる。彼は目に涙を浮かべて、細い糸にすがるカンダタのように手を伸ばす。わたしはそれを捕まえて胸の位置まで引っ張り上げると、垂れ下がる長い髪をどけて額を押し当てる。

彼の手の方がだいぶ温かかった。

「おはよう、優紀」

カウンターの上に、デジタル時計が見当たった。十二時四十四分を越えていた。その隣に、汚らしい木片が立てかけられているのが見えた。赤黒く塗られたそこには、読みにくい字で『タンジール』と書かれている。彼は目元をぎゅっと絞り、髭のぼさっと生えた口元を、堪えきれずにぶるぶると震わせた。随分と老けてしまった大の男が、出会ったときよりもずっと幼い少年のように見えた。

涙は頬を伝っていたけれど、わたしは、泣きじゃくったりはしなかった。すべてが流れ去った静かな夜に、鼻水をたらしてひざまずく彼の姿に見惚《みほ》れていた。

デジタル時計は今まさに、最終電車がなくなったことを示した。

わたしの病は、そのとき完治した。

あとがき

六年ほど前に、小説を書きました。その頃の執筆場所は名古屋第一赤十字病院の東病棟八階の、通路奥のひとり用ソファです。小さな丸い机がありましたが、大抵はクッションを噛《か》ませて膝に乗せるとかしていました。長方形の窓があって、そこから見える中村区の夜景の、高速道路を走るヘッドライトの川が綺麗《きれい》だったことを覚えています。

夜の病院は脈打つような心電図の音が微《かす》かに聞こえていて、ナースステーションの抑えた光が通路を照らしています。言われているほど恐ろしい場所ではありませんでした。僕はソファに座ってMacBookを開いて、時折見回りにくる看護師さんに挨拶をしながら小説を書いていました。宇宙からやってきた女の子の話で、『BAMBOO GIRL』というタイトルの現代のかぐや姫譚《たん》です。

書くという行為は、支えでした。

自分がいなくなっても残るものがあるという、なんだろう、セーブデータを記録するみたいな。だけど本当は普通の生活に戻るつもりもありました。しめっぽくしつつも、ちゃんと腹の底ではファイティングポーズ。という二枚舌。

闘病の山場を越えた十月、いま少しの時間がもらえたのだと思いました。せっかくだし、文章を学ぶ大学に行こうと。表現者を目指す学生が集まる弊学です。変な奴が多かった。後で聞くと、僕もかなり変だったらしい。不安だったから壁を作っていたのだと今だから思います。でも一年生の頃、ある先生が僕に言いました。「君には書く理由があるから、書き続けるから、大丈夫だ」って。その「大丈夫」は今でも、長持ちするカイロみたいに効いてます。

感謝を伝えたい人間は大勢います。ウマ娘好きの先生や、なんだかんだ友達でいてくれる仲間や、三重大の消化管外科の皆さんや、本作を応募前に読んでくれた後輩や、改稿中鬼のようにリピートした back number や——。

ただ、僕が生存して本作を書き上げられたのは、四年間誰よりも熱心に看病をしてくれた母のおかげかと思うので、なかなか照れ臭くて普段伝えられない感謝表明をこの場を借りてさせてください。ありがとう。

優紀《ゆき》もこういう感じで灯子《とうこ》さんに伝えたんですかね。伝えていてほしい。見聞きできるものしか信じられないので、僕も、みんなも。言葉にするのは大切だな、って思います。なので僕もちゃんと言葉にしますね。

本書を手にとってくださり、ありがとうございます。うれしいです。次もどうぞ、ご贔屓《ひいき》くださいませ。

人間六度《にんげんろくど》

<初出>

本書は第28回電撃小説大賞で《メディアワークス文庫賞》を受賞した『きみは雪を見ることができない』に加筆・修正したものです。

この物語はフィクションです。実在の人物・団体等とは一切関係ありません。

メディアワークス文庫

きみは雪《ゆき》をみることができない

人間六度《にんげんろくど》

2022年２月25日　初版発行

発行者　青柳昌行
発行　株式会社KADOKAWA
〒102－8177　東京都千代田区富士見２－13－３
0570-002-301（ナビダイヤル）
装丁者　渡辺宏一（有限会社ニイナナニイゴオ）
印刷　株式会社暁印刷
製本　株式会社暁印刷

●お問い合わせ
https://www.kadokawa.co.jp/（「お問い合わせ」へお進みください）
※内容によっては、お答えできない場合があります。
※サポートは日本国内のみとさせていただきます。
※Japanese text only

※定価はカバーに表示してあります。

Printed in Japan
ISBN978-4-04-914234-1 C0193

メディアワークス文庫　https://mwbunko.com/

本書に対するご意見、ご感想をお寄せください。

あて先
〒102-8177　東京都千代田区富士見2-13-3
メディアワークス文庫編集部
「人間六度先生」係